»Ich hatte das Gefühl, in eine Weihnachtskarte hineinspaziert zu sein: glitzernder Schnee, alte Häuser mit steilen Dächern … auch viele wohltuende Düfte empfingen mich, darunter solche von Lebkuchen, Leberwurst und Kraut, Gänsebraten und der Geruch des Tannenbaums, der fertig geschmückt im Wohnzimmer stand.« Es ist Heiligabend, als Elizabeth von Arnim in einem bayerischen Dorf ankommt, um ein typisch deutsches Weihnachtsfest zu erleben. Die Engländerin weiß genau, was sie erwartet – glaubt sie zumindest … Doch der Abend birgt so manche Überraschung.
Die kurze Erzählung »Weihnachten in einem bayerischen Dorf« wird mit der vorliegenden Ausgabe erstmals veröffentlicht. Zusammen mit Auszügen aus dem Werk von Elizabeth von Arnim ist dieses Buch eine stimmungsvolle und unterhaltsame Lektüre – nicht nur für die Weihnachtszeit!

insel taschenbuch 2406

Elizabeth von Arnim

Weihnachten

Elizabeth von Arnim
Weihnachten

Ausgewählt von Angelika Beck

Insel Verlag

Umschlagabbildung:
Georg Dunlop Leslie. Frozen out (Ausschnitt), 1866.

Erste Auflage 2000
Originalausgabe

Textnachweise am Schluß des Bandes
Vertrieb durch den Suhrkamp Taschenbuch Verlag
Umschlag nach Entwürfen von Willy Fleckhaus
Druck: Friedrich Pustet, Regensburg
Printed in Germany

2 3 4 5 6 – 05 04 03 02 01

Inhalt

Weihnachten in einem bayerischen Dorf

Als ich in der Dämmerung eines taubengrauen Nachmittags aus dem Zug stieg, kam mir meine Tochter auf dem Bahnsteig entgegengerannt, und neben ihr rannte ein junger Mann in kurzen Lederhosen und mit nackten Knien, und da es schon stark dunkelte und mir dieser Aufzug vertraut war, dachte ich, es sei ihr Ehemann. Deshalb begrüßte ich ihn entsprechend überschwenglich, nahm seine Hände in die meinen und rief: »Wie reizend von dir, bei dieser Kälte aus dem Haus zu gehen!«

Zum Glück kam es zwischen meinem Schwiegersohn und mir nicht zum Begrüßungskuß, doch abgesehen davon, war alles eitel Freude und Entzücken, wozu natürlich auch das vertrauliche »Du« gehörte. Meine Tochter zupfte mich am Arm. »Das ist der Taxifahrer«, flüsterte sie und kämpfte gegen ihr Gekicher an.

Ich muß sagen, der junge Mann ließ mein Benehmen mit Würde über sich ergehen. Vielleicht dachte er, alle Fremden machten das so, wenn sie auf Bahnhöfen ankämen, und die Engländer seien in Wirklichkeit gar nicht so unterkühlt, sondern ein recht feuriger Menschenschlag.

Etwas kleinlaut geworden, wurde ich aus dem Bahnhof in eine Welt von Christbäumen geführt. Vor den meisten Häusern stand ein Baum mit elektrischer Beleuchtung, und in der Mitte der einzigen breiten Straße erhob sich eine riesengroße Tanne, eine wahre Pyramide festlichen Glanzes.

Ich hatte das Gefühl, in eine Weihnachtskarte hineinspaziert zu sein: glitzernder Schnee, alte Häuser mit steilen Dächern, und auch die völlige Windstille einer Weihnachtskarte herrschte hier. Seit 1909 hatte ich keine deutsche Weihnacht mehr erlebt, die letzte in einer ganzen Kette solcher Feste, und wenn man bedenkt, daß 1909 schon so lange zurückliegt und seither viele Dinge geschehen sind, war es eigenartig, wie sehr ich mich heimisch fühlte, wie vertraut mir alles erschien und wie leicht dies, wäre die richtige Reihenfolge eingehalten worden, Weihnachten 1910 hätte sein können.

Auf der Eingangsstufe des kleinen Hauses inmitten von verschneiten Feldern und umgeben von steil aufragenden Bergen stand, überströmend von Willkommensfreude, mein echter Schwiegersohn. Er war genauso gekleidet wie der Taxifahrer, mit kurzer Lederhose und einem bestickten Hemd. Wie also konnte man von jemandem erwarten zu wissen, wer wer war? Daher schaute ich ihn mir genau an, ehe ich diesmal zu Herzlichkeiten überging. »Wie reizend von dir«, sagte ich, als ich mir ganz sicher war, »bei dieser Kälte aus dem Haus zu gehen!« Denn ich habe nicht viele deutsche Sätze auf Lager, und so muß einer mehrmals herhalten.

Nicht nur er kam mir auf der Eingangsstufe entgegen, sondern auch viele köstliche Düfte empfingen mich, sehr wohltuend für eine Hungrige, darunter solche von Lebkuchen, Leberwurst und Kraut, Gänsebraten und der ernstere Geruch – ernster, weil er auch Beerdigungen begleitet und Grabstätten umgibt –, der Geruch des Tannenbaums, der fertig geschmückt im Wohnzimmer stand.

Es war der Abend vor Weihnachten, der Tag, den die Deutschen als Heiligen Abend feiern; und während ich im ersten Stock meine Sachen ablegte, wurden die Kerzen am Baum angezündet, so daß, als ich herunterkam, der ganze Haushalt, bestehend aus Vater, Mutter, Töchterchen, drei Dienstmädchen mit weißen Häubchen und weißen Baumwollhandschuhen sowie zwei Scotchterriern, in der Diele vor der verschlossenen Tür des geheimnisvollen Zimmers auf mich wartete. Zu den Klängen von *Stille Nacht, heilige Nacht* marschierten wir in der Reihenfolge unseres Alters hinein, wobei die Jüngste den Anfang machte, und die Köchin hinter mir das Schlußlicht bildete. Da seit geraumer Zeit jedermann jünger zu sein scheint als ich, war ich richtig froh über die Köchin.

Ich wußte genau, was mich im Inneren des Zimmers erwarten würde, denn hatte ich

nicht jahrelang selbst solche Räume mit ihren Bäumen und Geschenktischen vorbereitet? Da standen die Tische in der gewohnten Anordnung, für jeden einer, und auf ihnen stapelten sich hübsch eingewickelte Päckchen mit silbrigen Bändern, dekoriert mit Zyklamen- und Azaleentöpfen zwischendrin, und dort erhob sich der Baum mit der kleinen Krippe zu seinen Füßen, und Marzipanschafe scharten sich um die aus Schokolade bestehenden Heiligen Drei Könige.
Wir standen im Halbkreis, die Blicke fest auf den Baum gerichtet, damit sie ja nicht zu den Tischen schweiften, denn das hätte von schlechten Manieren gezeugt, und während wir, begleitet von den Klängen des Grammophons, eifrig *Stille Nacht* sangen, verspeisten die Scotchterrier, die keine Manieren hatten, vor unseren entsetzten Augen ein Marzipanschaf nach dem anderen, bis keines mehr übrig war. Wegen des Weihnachtsbrauchs konnten wir nichts tun, als steif dazustehen und zu singen. Tradition und Schicklichkeit ließen uns wie angewurzelt verharren. Glück-

licherweise gab es nur zwei Strophen, so daß die Weisen aus dem Morgenland gerade noch rechtzeitig gerettet wurden, und ich dachte bei mir, nur Deutsche können so diszipliniert sein und sich, geschult durch viel Übung, den Anschein geben, in die heiligen Worte vertieft zu sein, während sie gewiß innerlich kochen.

Doch wegen des unmanierlichen Betragens der Scotchterrier verzögerte sich die Bescherung. Sie mußten zur Vernunft gebracht und aus dem Zimmer verbannt werden, ehe wir unsere Aufmerksamkeit den Geschenken zuwenden konnten. Die Hunde machten sich gar nichts daraus, daß sie in Ungnade gefallen waren. Die Schafe hatten sie ja sicher in ihren Bäuchen verwahrt, und ich hätte schwören können, daß sie lachten, als man sie hinausführte.

Etwas kleinlaut – nun schon zum zweiten Mal seit meiner Ankunft –, denn es schien betrüblich für die Familie, so viele Schafe zu verlieren, die man, wie ich wußte, meinetwegen erst diese Weihnachten neu angeschafft hatte und die mindestens an weiteren fünf Weihnachten unterm Christbaum hätten stehen sollen, begann ich, meine Päckchen auszuwickeln, und bald gerieten wir alle wieder in richtige Weihnachtsstimmung. Von jedem Tisch kamen Schreie der Begeisterung und Freude. Von jedem Tisch kam dauernd jemand gelaufen, um sich zu bedanken und einen zu umarmen, oder zu danken und einem die Hand zu küssen. Sogar die Köchin und ich, die *doyennes* der Feier, waren nahe daran, uns um den Hals zu fallen. Zum Glück mußte sie sich schon bald in die Küche zurückziehen, um letzte Hand an die Gans anzulegen, sonst weiß ich nicht, ob wir uns schließlich nicht doch noch in den Armen gelegen hätten.

Durch zerrissenes Geschenkpapier und silbrige Bänder watend, begaben wir uns zu Tisch, tranken, hielten kleine Ansprachen und waren fröhlich. Nach dem Essen wateten wir wieder zurück und waren nicht mehr ganz so fröhlich, und nachdem wir Baumkuchen genascht und heißen Glühwein getrunken hatten, waren wir so gut wie überhaupt nicht mehr fröhlich, weil wir am liebsten schlafen gegangen wären, dies aber aus Gründen der Tradition und Schicklichkeit nicht tun konnten.

»Man kann sich eigentlich nicht vorstellen«, sagte ich, indem ich mich von der Benommenheit zu befreien versuchte, die auf mir lastete, »daß dieses heutige Deutschland so gar nicht anders ist als das Deutschland, das ich kannte.«

»Oh, aber es ist …«, begann meine Tochter, um sofort von ihrem Ehemann mit einem schnellen »Sei vorsichtig –« unterbrochen zu werden, denn die Dienstmädchen waren ins Zimmer gekommen. Davon wurde ich sofort wieder hellwach. Sei vorsichtig … Aber wovor denn?

Etwas kleinlaut, nun zum dritten Mal, ließ ich mich in meinen Pelzmantel stecken und zur Mitternachtsmesse fahren. Eine glitzernde Nacht. Eine Nacht voll Frieden und Schönheit. Die Glocken der alten Kirche auf dem Hügel läuteten, und Ströme von schwarzen

Gestalten – Ströme, stellte ich mit Erstaunen fest, – strebten im frommen Schweigen zu ihr hinauf! Drunten auf der Straße stand strahlend der riesige Christbaum. Auf jedem Grab im Friedhof brannte ein winzig kleiner, und alle zusammen erleuchteten den gesamten Ort mit Symbolen der Erinnerung und Liebe. Und drinnen in der Kirche, so dicht zusammengedrängt, daß wir kaum hindurchkamen, war eine Menschenmenge so andächtig versammelt, so auf den Gottesdienst konzentriert, so versunken in die Schönheit des Gesangs von (abermals) *Stille Nacht* daß ich, die ich meine *Times* lese und weiß, was mit den Kirchen in Deutschland geschieht, meinen Augen nicht traute.

»Aber …«, begann ich, wie ich so am Arm meines Schwiegersohnes hing.

»Sei vorsichtig«, flüsterte er schnell und umfaßte meine Hand.

Sei vorsichtig. Schon wieder. Muß man hier also ständig auf der Hut sein? Und was hatte ich denn schließlich gesagt, außer »aber«?

Vorweihnachtszeit in Nassenheide

22. Dezember. – Bis jetzt haben wir einen schönen Winter gehabt. Klarer Himmel, Frost, kaum Wind und, abgesehen von einem gelegentlichen Anflug bitterer Kälte, nur sehr wenige wirklich kalte Tage. Meine Fenster leuchten von Hyazinthen und Maiglöckchen; und obgleich ich, wie gesagt, den Hyazinthenduft im Frühling nicht sehr liebe, da es ihm neben den anderen Blumen an Jugendlichkeit und Keuscheit zu mangeln scheint, freue ich mich jetzt durchaus, meine Nase in seine schwere Süße stecken zu können. Im Dezember kann man es sich nicht leisten, wählerisch zu sein; übrigens ist man tatsächlich im Winter überhaupt weniger wählerisch. Die schneidende Luft kräftigt Seele und auch Körper; und was man im Sommer an Speisen und Düften verschmäht, ist nun höchst willkommen.

Ich bin zwar sehr eifrig bei den Weihnachtsvorbereitungen, habe mich aber oft allein in mein Zimmer eingeschlossen und meine unerledigten Aufgaben draußen gelassen, um die Blumenkataloge zu studieren und eine Liste mit Samen, Sträuchern und Bäumen für den Frühling zusammenzustellen. Eine faszinierende Beschäftigung, die noch reizvoller wird, wenn man weiß, man sollte eigentlich etwas anderes tun – Weihnachten steht vor der Tür, Kinder, Dienstboten und Landarbeiter hängen, was ihr Vergnügen angeht, ganz von einem ab, und wenn man sich nicht selbst um den Baum- und Hausschmuck kümmert und um das Geschenkebesorgen, tut es niemand sonst. Die Stunden verfliegen, während ich mit diesen Katalogen eingeschlossen bin und die *Pflicht* auf der anderen Seite der Tür murrt. Ich mag die *Pflicht* nicht – alles, was auch nur im mindesten unangenehm ist, stellt sich mit Gewißheit als Pflicht heraus. Warum kann es nicht meine Pflicht sein, Listen und Pläne für den geliebten Garten zu machen? »Und das *ist* es auch«, beharrte ich gegenüber dem Grimmigen, als er Einspruch erhob gegen das, was er

Oben-meine-Zeit-Vertrödeln nannte. »Nein«, entgegnete er weise, »dein Garten kann gar nicht deine Pflicht sein, da er ja dein Vergnügen ist.«

Welche Wohltat, immer aus der Quelle der Weisheit trinken zu können! Jede Frau kann einen Ehemann haben, doch nur wenigen ist es vergönnt, einen Weisen zu haben, und die Verbindung von beiden ist ebenso selten wie nützlich. Das einzig vergleichbar Nützliche, was ich je gesehen habe, war ein Sofa, das meine Nachbarin als Weihnachtsüberraschung für ihren Mann gekauft hat und das sie mir beim letzten Besuch vorführte – eine herrliche Erfindung, wie sie mir erklärte, Bettgestell, Sofa und Kommode in einem: man stopft dort alle Kleidung hinein und bettet obendrauf sich selbst, und wenn jemand tief in der Nacht zu Besuch kommt und man zufällig den Salon als Schlafzimmer benutzt, verstaut man nur rasch die Bettwäsche, und siehe da, man wird auf dem Sofa sitzend angetroffen mit just dem Gesichtsausdruck, als hätte man seit Stunden auf Be-

such gewartet. – »Sagen Sie, trägt er Pyjamas?« erkundigte ich mich.
Aber sie hatte noch nie etwas von Pyjamas gehört.
Es dauert lange, meine Frühlingslisten aufzustellen. Ich möchte eine Rabatte ganz in Gelb haben, jede Gelbschattierung: vom feurigsten Orange bis zum Fast-schon-Weiß, und der Aufwand an Arbeit und Studium der Gartenratgeber läßt sich nur von Anfängern wie mir richtig würdigen. Schon seit Wochen bin ich bei der Planung, und noch immer ist kein Ende in Sicht. Mir schwebt vor eine einzige Folge von Herrlichkeiten von Mai bis zum Frosteinbruch, vorherrschen soll die Schar ›kräftig leuchtender Ringelblumen‹, die ich innig liebe, und Kapuzinerkresse. Letztere soll in allen Sorten und Farbnuancen hochklettern, sich emporranken und in dichten Büschen wachsen und ihre anmutigen Blüten und Blätter aufs vorteilhafteste zeigen. Hinzu sollen kommen: Goldmohn, Dahlien, Sonnenblumen, Zinnien, Skabiosen, Portulakröschen, gelbe Veilchen, gelbe

Levkojen, gelbe Gartenwicken, gelbe Lupinien – alles, was gelb ist oder eine gelbe Variante hat. Als Standort habe ich eine lange breite Rabatte in der Sonne ausgewählt am Fuße eines grasigen Hügels, der von Fliederbüschen und Kiefern bewachsen ist und nach Südost liegt. Man geht durch ein Kieferngehölz, und wenn man um die Ecke biegt, soll man plötzlich dieses Stück eingefangenen Morgenglanzes erblicken. Ich möchte, daß es einen in seiner leuchtenden Pracht nach dem schattig-kühlen Weg durch das Wäldchen geradezu blendet.

Das ist die Idee. Traurigkeit befällt mich, wenn ich an die wahrscheinliche Diskrepanz zwischen der Idee und ihrer Verwirklichung denke. Ich kenne mich nicht aus, und der Gärtner, davon bin ich überzeugt, noch viel weniger, denn er hat zwar einige Tulpen mit Gewalt hochgebracht, aber sie welkten alle dahin und gingen ein, und er sagt, er kann sich nicht vorstellen, warum. Außerdem liebt er die Köchin und wird sie nach Weihnachten heiraten und weigert sich, auf irgendeinen meiner Pläne mit der Begeisterung zu reagieren, die sie eigentlich verdienen, statt dessen sitzt er mit glasig träumerischem Blick da und hackt von morgens bis abends Holz, um das Küchenfeuer seiner Geliebten tüchtig brennen zu lassen. Mir ist schleierhaft, wie jemand Köchinnen Ringelblumen vorziehen kann; jene künftigen Ringelblumen, so fatamorganisch sie sind, deren Samen noch beim Saatguthändler schlafen, haben mir durch meine Wintertage wie goldenes Licht geleuchtet.

Von ganzem Herzen wünsche ich mir, ich wäre ein Mann, denn ich würde mir natürlich als erstes einen Spaten kaufen und gärtnern, und dann hätte ich das Vergnügen, für meine Blumen alles mit eigener Hand zu tun und bräuchte meine Zeit nicht damit zu vergeuden, jemandem zu erklären, was er machen soll. Es ist langweilig, Anordnungen zu geben und sich zu mühen, die leuchtenden Phantasiebilder unter der eigenen Stirn jemandem zu beschreiben, der keine Phantasie und kaum was unter der Stirn hat und der

glaubt, ein gelbes Beet bestünde aus Pantoffelblumen umrandet von etwas Blau.
Ich habe bei der Auswahl der gelben Blumen darauf geachtet, nur anspruchslose Pflanzen zu nehmen, die leicht zufriedenzustellen, ja dankbar für wenig sind, denn mein Boden ist keineswegs das, was man sich wünscht, und für die meisten Pflanzen ist das Klima ziemlich ungünstig. Ich bin jeder Blume aufrichtig dankbar, die robust ist und bereit, hier zu gedeihen. Stiefmütterchen scheinen ihren Standort hier zu mögen, und auch die Gartenwicken; Nelken nicht, und nach vielen Schmeichelworten brachten sie im letzten Sommer grad ein paar Blüten hervor. Fast alle Rosen waren trotz des sandigen Bodens ein Erfolg, ausgenommen die Teerose Adam, die reichlich schwellende Knospen zeigte, doch plötzlich braun wurde und einging, und die drei Rosenbäumchen von Dr. Grill, die in einer Reihe standen und einfach schmollten. Ich war wegen der Dr. Grills ganz aufgeregt gewesen, da ihre Beschreibung in den Katalogen mich besonders fasziniert hatte, und

zweifellos verdiente ich die Abfuhr. »Regt euch über *nichts* auf, ihr Süßen«, wird der Rat lauten, den ich meinen drei Kindern geben werde, so die Zeit gekommen ist, sie auf Gesellschaften zu führen, »oder wenn, dann zeigt es nicht. Seid ihr von Natur aus Vulkane, speit zumindest kein Feuer. Seht nicht erfreut aus oder interessiert, vor allem seht nicht eifrig aus. Kühler Gleichmut sollte in euren Gesichtern zu lesen sein. Laßt euch niemals anmerken, daß ihr jemand oder etwas gern habt. Bleibt gelassen, unberührt und zurückhaltend. Tut ihr nicht so, wie eure Mutter sagt, und seid bloß schwärmerische, ausgelassene, junge Dummerchen, bleiben euch Abfuhren nicht erspart. Tut ihr, was sie euch sagt, werdet ihr Prinzen heiraten und lebt glücklich und zufrieden bis an euer seliges Ende.«

Dr. Grill muß eine deutsche Rose sein. Je mehr man in dieser Gegend seine Freude darüber zeigt, jemand zu sehen, desto weniger freut sich der andere darüber; wohingegen der andere sichtlich auftaut, wenn man unfreundlich ist, seine Miene hellt sich zusehends auf, wird um so liebenswürdiger, je abweisender und griesgrämiger die eigene wird. Bei einer Rose hatte ich allerdings nicht mit solch einem Verhalten gerechnet, und ich war empört über Dr. Grill. Die Rosen hatten den besten Standort im Garten: warm, sonnig und geschützt; ihre Setzlöcher waren mit liebevollster Sorgfalt vorbereitet worden; sie hatten die erlesenste Mischung aus Kompost, Tonerde und Dünger erhalten und waren während der ganzen Dürrezeit fleißig begossen worden, wo andere, willigere Blumen nichts bekamen; und sie weigerten sich, etwas anderes zu tun, als schwarz auszusehen und zu kümmern. Sie gingen nicht ein, gediehen aber auch nicht – existierten bloß; und am Ende des Sommers hatte nicht eine von ihnen einen Trieb oder ein Blättchen mehr als im April, wo sie gepflanzt worden waren. Sie wären besser sofort eingegangen, denn dann hätte ich gewußt, was zu tun sei; so aber beanspruchen sie noch immer den besten Platz, sind sorgsam gegen den Wind abgedeckt und verdrängen freundlichere Rosen. Womöglich haben sie sich dasselbe Verhalten auch fürs nächste Jahr vorgenommen. Heimsuchungen sind ja das Los der Menschheit, und Gärtner haben da ihren gerechten Anteil, und jedenfalls wird man besser von Pflanzen als von Personen heimgesucht, da man bei Pflanzen, die man kennt, alsbald sieht, daß man selbst im Unrecht ist; bei Menschen ist es immer umgekehrt – und wer von uns hat nicht die Qualen verletzter Unschuld erlebt und ihre Bitterkeit empfunden?

Ich habe gerade zwei Besucher hier, obwohl ich nichts getan habe, ein solches Verhängnis heraufzubeschwören, und mich auf ein glückliches stilles Weihnachtsfest nur mit dem Grimmigen und den Kleinen gefreut hatte. Das Schicksal wollte es anders. Es ist beinah schon die Regel, daß das Schicksal eingreift, wenn ich mich auf etwas freue, und es anders bestimmt; ich weiß nicht wieso, doch so ist es. Ich hatte diese guten Damen nicht einmal eingeladen – wie Größe sich gerade den Bescheidenen erwählt, so sie mich.

Eine davon ist Irais, die süße Sängerin vom Sommer, die ich zwar gebührend liebe, aber gerade für ein gutes Jahr los zu sein glaubte, als sie schrieb und anfragte, ob ich sie über Weihnachten haben wolle, ihr Mann sei in schlechter Verfassung, und sie habe ihn in diesem Zustand nicht gern. Auch ich habe etwas gegen kranke Ehemänner, darum bat ich sie voller Mitgefühl zu kommen, und hier ist sie. Und die zweite ist Minora.

Warum mir das Schicksal Minora aufgebrummt hat, ist mir ein Rätsel, denn vor zwei Wochen wußte ich nicht einmal etwas von ihrer Existenz. Als ich eines Morgens frohgelaunt zum Frühstück erschien – es war genau der Tag nach meiner Rückkehr aus England –, fand ich einen Brief von einer englischen Freundin vor, bis dahin immer völlig harmlos, und jetzt bat sie mich, Minora unter meine Fittiche zu nehmen. Zum Besten des Grimmigen, der gerade gespickte Gans aß, eine begehrte Delikatesse hierzulande, las ich den Brief vor.

»Meine liebe Elizabeth«, schrieb meine Freun-

din, *»bitte, kümmere Dich ein wenig um die Arme. Sie studiert Kunst in Dresden und weiß buchstäblich nicht, wohin an Weihnachten. Sie ist sehr strebsam und arbeitet fleißig ...«*

»Demnach«, unterbrach der Grimmige, »ist sie nicht hübsch. Nur häßliche Mädchen arbeiten fleißig.«

»... und sie ist wirklich sehr klug ...«

»Ich mag keine klugen Mädchen, sie sind so dumm«, unterbrach der Grimmige von neuem.

»... und wenn nicht ein freundliches Wesen wie Du sich ihrer erbarmt, wird sie sehr einsam sein.«

»Dann soll sie doch einsam sein.«

»Ihre Mutter ist meine älteste Freundin und wäre tief bekümmert bei dem Gedanken, daß ihre Tochter gerade zu Weihnachten allein in einer fremden Stadt ist.«

»Was geht mich der Kummer der Mutter an.«

»Verstehst du nicht«, rief ich ungeduldig aus, »ich werde sie einladen *müssen*!«

»Wenn Du geneigt sein solltest«, hieß es weiter im Brief, *»die gute Samariterin zu spielen, liebe Eli-*

zabeth, bin ich überzeugt, du findest in Minora eine lebhafte, intelligente Gefährtin …«
»Minora?« fragte der Grimmige.
Das Aprilkind, an das sich seit sechs Wochen ein Kindermädchen von beängstigendem Übereifer heftet, schaute von ihrem in heißer Milch aufgewärmten Brot auf.
»Es klingt wie Insel«, bemerkte sie nachdenklich.
Das Kindermädchen hüstelte.
»Mallora, Minora, Alderney und Sark«, erklärte ihre Schülerin.
Ich blickte sie streng an.
»Wenn du nicht achtgibst, April«, sagte ich, »wirst du, wenn du groß bist, noch ein Genie und bereitest deinen Eltern Schande.«
Miss Jones blickte drein, als hätte sie etwas gegen Deutsche. Ich fürchte, sie verachtet uns, weil sie meint, wir seien Ausländer – eine typisch englische Haltung und gereicht ihr ganz und gar zur Ehre; wir andererseits betrachten *sie* als Ausländerin, was natürlich die Dinge sehr kompliziert.
»Muß ich wirklich dieses fremde Mädchen

aufnehmen?« fragte ich, wobei ich mich an niemand speziell wandte und keine Antwort erwartete.

»Du brauchst es nicht«, sagte der Grimmige gesetzt, »aber du wirst es tun. Du schreibst ihr heute und lädst sie herzlich ein, und wenn sie vierundzwanzig Stunden hier ist, geratet ihr in Streit. Ich kenne dich, meine Liebe.«

»Streit! Ich? Mit einer kleinen Kunststudentin?«

Miss Jones schlug die Augen nieder. Ständig wittert sie eine Szene und ist allzeit bereit, ganze Batterien von Diskretion, Takt und gutem Geschmack auf uns loszulassen, und sie scheint genau zu wissen, wann wir uns ungehörig streiten, wo wir selbst nicht im Traum daran denken, wäre da nicht die Warnung ihrer niedergeschlagenen Augen. Ich würde ja meinen ganzen Mut zusammennehmen und sie auffordern zu gehen, denn zu dieser überflüssigen Diskretion kommt noch hinzu, daß sie, zwar eigentlich nur Kindermädchen, aber überaus beflissen ist und ständig belehren will und nie spielen; doch unglücklicherweise bewundert das Aprilkind sie und ist fest davon überzeugt, daß noch nie so ein schönes Kindermädchen hier war. Sie kommt jeden Tag mit neuen Berichten über die Pracht ihrer Garderobe und lebhaften Beschreibungen ihrer Schirme und Hüte; und Miss Jones sieht gekränkt aus und spitzt den Mund. Wie die meisten Kinderfräuleins hat sie einen zarten dunklen Flaum über der Oberlippe, und eines Tages erschien das Aprilkind zum Essen mit eigenem Flaumschmuck, den sie in treuer Nachahmung nach vielerlei Mühen mit Hilfe eines Bleistifts und unendlicher Liebe hingestrichelt hatte. Miss Jones stellte sie wegen Ungezogenheit in die Ecke. Ich frage mich, warum Erzieherinnen so unangenehm sind. Der Grimmige meint: weil sie nicht verheiratet sind. Ich wage zwar nicht, der Stimme der Erfahrung zu widersprechen, möchte aber hinzufügen, die Anstrengung, stets Vorbild zu sein, muß ungeheuer groß sein. Es ist viel leichter und oft viel angenehmer, ein abschreckendes Beispiel zu geben als ein leuchtendes, und Erzieherinnen sind auch nur Frauen, und Frauen sind manchmal töricht, und wenn man töricht ist, ist es bestimmt eine Plage, klug sein zu müssen.

Minora und Irais sind gestern zusammen hier angekommen; oder vielmehr, als der Wagen vorfuhr, stieg Irais allein aus und teilte mir mit, daß ein fremdes Mädchen auf einem Fahrrad in einiger Entfernung hinterherfahre. Ich schickte ihr den Wagen entgegen, um sie aufzunehmen, denn es wurde dunkel, und die Straßen sind miserabel.

»Aber was sollen hier überhaupt fremde Mädchen?« fragte Irais ziemlich unwirsch, als sie den Hut vor dem Kaminfeuer in der Bibliothek abnahm und sich ansonsten ganz wie zu Hause fühlte. »Ich hab was gegen sie. Ich bin mir nicht sicher, daß sie nicht in noch schlechterer Verfassung als Ehemänner sind. Wer ist sie? Sie wollte unbedingt vom Bahnhof hierher radeln und bestimmt ist sie die erste Frau, die das getan hat. Die kleinen Jungen haben Steine nach ihr geworfen.«

»Ach, meine Liebe, das beweist nur die Unkenntnis der kleinen Jungen. Kümmern wir uns nicht um Minora. Trinken wir in Ruhe Tee, bevor sie erscheint.«

»Aber wir wären viel glücklicher ohne sie«, murrte Irais. »Waren wir nicht richtig glücklich im letzten Sommer, Elizabeth? Nur Sie und ich?«

»Ja, stimmt wirklich«, antwortete ich aufrichtig und legte die Arme um sie. Am Tage ihrer Ankunft flammt meine Liebe zu Irais immer sehr hoch; außerdem habe ich diesmal Vorsichtsmaßnahmen gegen ihr Sündigen mit den Salzfäßchen ergriffen, ich habe nämlich angeordnet, daß sie wie Gemüseschüsseln herumgereicht werden. Wir haben unseren Tee getrunken, und Irais ging auf ihr Zimmer, um sich umzuziehen, bevor Minora mit ihrem Fahrrad aufkreuzte. Ich eilte zu ihrer Begrüßung hinaus, mitleidig, daß sie bei solch einem intimen Fest wie Weihnachten im Kreis von Fremden untertauchen mußte. Aber so schüchtern war sie gar nicht; viel weniger als ich –, unten in der Empfangshalle gab sie den Dienstboten Anweisung, den Schnee von den Reifen ihres Fahrzeugs abzuwischen, bis sie schließlich meinem Willkommensgruß aufmerksam Gehör schenkte.

»Ich konnte mich Ihrem Bediensteten am Bahnhof nicht verständlich machen«, sagte sie endlich, als man sie über ihr Rad beruhigt hatte. »Ich habe ihn gefragt, wie weit es sei und in welchem Zustand sich die Straßen befänden, und er hat nur gelächelt. Ist er ein Deutscher? Aber natürlich – wie seltsam, daß er nicht verstand. Sie selbst sprechen sehr gut Englisch –, wirklich sehr gut, ja doch.«

Unterdessen hatten wir die Bibliothek betreten, und während ich ihr den Tee ausschenkte, stand sie auf dem Kaminvorleger und wärmte sich den Rücken.

»Was für ein merkwürdiges Zimmer«, bemerkte sie beim Herumschauen, »und die Halle ist auch so ausgefallen. Sehr alt, nicht? Hier gibt's viel Stoff.«

Der Grimmige, der bei ihrer Ankunft in der Halle gewesen war und uns begleitet hatte, blickte fragend auf den Teppich. »Stoff?« fragte er, »wo ist Stoff?«

»Oh – Material, verstehen Sie, für ein Buch.

Ich notiere mir eben alles, was mir in Ihrem Land auffällt, und wenn ich Zeit habe, verarbeite ich das zu einem Buch.« Sie sprach sehr laut, wie es Engländer gegenüber Ausländern zu tun pflegen.

»Meine Liebe«, sagte ich hinter geschlossener Tür atemlos zu Irais, nachdem ich auf ihr Zimmer geeilt war und Minora wohl verwahrt in ihrem wußte, »wie finden Sie das – sie schreibt Bücher!«

»Was … das Fahrradmädchen?«

»Ja … Minora … stellen Sie sich das vor!«

Wir standen da und blickten uns von Ehrfurcht gepackt an.

»Wie schrecklich!« murmelte Irais. »Ich habe noch nie ein junges Mädchen kennengelernt, das so etwas tut.«

»Sie sagt, hier gebe es reichlich Stoff.«

»Reichlich was?«

»Woraus man Bücher macht.«

»Ach du lieber Himmel, das ist ja schlimmer, als ich erwartet habe! Ein fremdes Mädchen zwischen zwei guten Freundinnen ist immer eine Plage, aber im allgemeinen kommt man mit ihm klar. Doch ein Mädchen, das Bücher schreibt – also, das ist geradezu unanständig! Und die Sorte Mensch kann man nicht links liegenlassen; die lassen's einfach nicht zu. »

»Aber wir versuchen's!« rief ich mit solcher Inbrunst aus, daß wir beide lachen mußten.

Die Halle und die Bibliothek hatten es Minora am meisten angetan; sie verweilte nach dem Essen derart lang in der kalten Halle, daß der Grimmige sich den zarten Hinweis erlaubte, sich in seinen Pelzmantel zu hüllen. Seine Hinweise sind immer zart.

Sie wollte die ganze Geschichte über die Kapelle, die Nonnen und Gustav Adolf hören und zog ein dickes Notizbuch heraus, um sich meine Worte aufzuschreiben. Ich verfiel sofort wieder in Schweigen.

»Nun?« sagte sie.

»Das ist alles.«

»Oh, Sie haben doch erst angefangen.«

»Da ist nichts mehr. Wollen Sie nicht in die Bibliothek kommen?«

In der Bibliothek nahm sie wieder ihre Stellung vor dem Kaminfeuer ein und wärmte sich; wir anderen saßen nebeneinander in einer Reihe da und froren. Sie hat ein wundervolles Profil, was einigermaßen irritierend ist. Gottes unerschöpfliche Güte hat jedoch Balsam auch für diese Wunde: indem er Minoras Augen etwas zu eng beieinander hat wachsen lassen.

Irais steckte sich eine Zigarette an, lehnte sich im Sessel zurück und betrachtete sie kritisch unter ihren langen Wimpern. »Sie schreiben gerade ein Buch?« fragte sie mit einem Mal.

»Nun ja, das könnte ich wohl sagen. Nur meine Eindrücke von Ihrem Land, verstehen Sie. Alles, was mir merkwürdig oder amüsant erscheint ... ich mache mir Notizen, und wenn ich Zeit finde, so denke ich, werde ich etwas daraus formen. «

»Studieren Sie nicht Malerei?«

»Ja, aber nicht in alle Ewigkeit. Wir haben ein englisches Sprichwort: ›Das Leben ist kurz, die Kunst ist lang‹ – viel zu lang, denke ich manchmal ... und Schreiben ist für mich, wenn ich müde bin, sehr entspannend.«

»Wie soll es denn heißen?«
»Oh, ich dachte daran, es *Tourist in Teutonien* zu nennen. Das klingt gut und würde es genau ausdrücken. Oder *Deut- und Dienliches aus Deutschland.* Ich habe mich noch nicht ganz für einen Titel entschieden.«
»Vom Autor der *Pirsch- und Pilgerzüge durch Pommern* könnten Sie noch hinzufügen«, schlug Irais vor.
»Und *Dussliges aus Dresden*«, sagte ich.
»Und *Blödsinn aus Berlin*«, setzte Irais noch drauf.
Minora riß die Augen auf. »Ich glaube nicht, daß die beiden letzten Titel zutreffend sind«, sagte sie, »es soll doch kein spaßiges Buch sein. Aber Ihr erster Titel ist recht brauchbar«, fügte sie mit Blick auf Irais hinzu und zog ihr Notizbuch heraus. »Ich will es mir nur eben notieren.«
»Wenn Sie alles aufschreiben, was wir sagen, und es veröffentlichen, ist es dann überhaupt noch Ihr Buch?« fragte Irais.
Aber Minora kritzelte so eifrig, daß sie nichts hörte.

»Und haben Sie, gesalbtes Haupt, keine Vorschläge zu machen?« fragte Irais und wandte sich an den Grimmigen, der schweigend Rauchwolken ausstieß.
»Oh, nennen Sie ihn *gesalbtes Haupt*?« rief Minora aus, »ist das sein privater Titel?«
Irais und ich schauten uns an. Wir wußten ja, wie wir ihn nannten, und hatten Angst, daß Minora es mit der Zeit aufspüren und in ihrem Notizbuch vermerken würde. Der Grimmige sah nicht gerade beglückt aus, daß unser neuer Gast in seiner Gegenwart ungeniert in der dritten Person von ihm sprach.
»Ehemänner sind immer gesalbte Häupter«, sagte ich ernst.
»Doch gesalbte Häupter nicht immer Ehemänner«, sagte Irais mit gleichem Ernst. »Gesalbtes Haupt, gesalbter Kopf«, fuhr sie nachdenklich fort, »an was erinnert Sie das, Miss Minora?«
»Ah, ich weiß … wie dumm von mir!« rief Minora voll Eifer aus, den Bleistift gezückt und krampfhaft bemüht, ihrem Gedächtnis

auf die Sprünge zu helfen, »gesalbt, gesalbeit – ja klar, nein, ja doch, natürlich – ach«, und dann enttäuscht, »das ist aber gewöhnlich – das kann ich nicht bringen.«

»Was ist gewöhnlich?« fragte ich.

»Sie meint, ein *gesalbeiter* Schweinskopf sei gewöhnlich«, sagte Irais matt, »doch das ist er nicht, er ist ausgezeichnet.« Sie stand auf und setzte sich ans Klavier, und nachdem ihre Finger ein wenig über die Tasten geglitten waren, sang sie.

»Spielen Sie Klavier?« fragte ich Minora.

»Ja, nur leider bin ich ziemlich aus der Übung. «

Ich sagte nichts. Ich weiß, *wie* solches Spielen klingt.

Als wir unsere Schlafzimmerkerzen anzündeten, begann Minora plötzlich in einer unbekannten Sprache zu reden. Wir machten große Augen. »Was ist mit ihr los?« murmelte Irais.

»Ich dachte mir«, sagte Minora auf englisch, »vielleicht reden Sie lieber Deutsch, und da es mir gleich ist, was ich rede …«

»Ach bitte keine Umstände«, sagte Irais. »Wir führen gern unser Englisch vor – nicht wahr, Elizabeth?«

»Ich will allerdings nicht, daß mein Deutsch einrostet«, sagte Minora, »ich möchte es nicht vergessen.«

»Hm, gibt es da nicht ein englisches Lied«, sagte Irais und wandte uns den Kopf zu, als sie die Treppe voranging: »›Töricht ist's, sich zu erinnern, ein kluger Kopf vergißt‹?«

»Sie haben hoffentlich keine Angst, allein zu schlafen«, sagte ich hastig.

»Welches Zimmer hat sie denn?« fragte Irais.

»Nummer 12.«

»Oh! – Glauben Sie an Gespenster?«

Minora erbleichte.

»Was für ein Unfug«, sagte ich, »wir haben hier keine Gespenster. Gute Nacht. Wenn Sie etwas brauchen, klingeln Sie nur.«

»Und falls Sie etwas Seltsames in dem Zimmer bemerken«, rief Irais aus ihrer Schlafzimmertür, »dann unbedingt notieren.«

27. Dezember. – Ich glaube, es ist Mode, Weihnachten als etwas unbeschreiblich Langweiliges anzusehen und als eine Zeit, die dazu verführt, sich zu überessen und ohne rechten Grund Fröhlichkeit zu heucheln. In Wirklichkeit ist das Weihnachtsfest einer der bezauberndsten und stimmungsvollsten Gebräuche überhaupt, wenn man es nur richtig feiert, und nachdem man ein ganzes Jahr lang zu allen mehr oder weniger unfreundlich war, ist es ein Segen, an diesem einen Tag gezwungenermaßen liebenswürdig sein zu müssen; und es ist zweifellos wundervoll, etwas verschenken zu können, ohne die quälende Gewißheit, daß man den Empfänger verwöhnt und später dafür büßen muß. Dienstboten sind nur große Kinder, und sie lassen sich mit Kleinigkeiten und Leckereien genauso glücklich machen wie Kinder, und schon Tage davor, wenn die drei Kleinen in den Garten gehen, erwarten sie jedesmal, das Christkind mit den Armen voller Geschenke zu sehen. Sie glauben fest daran, daß ihnen die Geschenke auf diese Weise gebracht wer-

den, und das ist eine so reizende Vorstellung, daß Weihnachten allein schon deswegen verdient, gefeiert zu werden.
Wegen der strikten Geheimhaltung ist die Vorbereitung ganz allein meine Sache – eine keineswegs leichte Aufgabe bei den vielen Leuten in unserem eigenen Haus und den anderen Gutsbewohnern und all den Kindern, den großen und kleinen, die ihren Anteil am Glück erwarten. Die Bibliothek ist für einige Tage vor- und nachher unbewohnbar, denn dort haben wir die Weihnachtsbäume und die Geschenke. An der einen Seite stehen die Bäume, und die anderen drei Seiten sind von den Tischen gesäumt, für jeden Hausbewohner einen eigenen. Wenn auf den Christbäumen die Kerzen brennen und ihr Lichterglanz die glücklichen Gesichter bestrahlt, vergesse ich die ganze Anstrengung und das zahllose Treppauf, Treppab, und die Schmerzen in Kopf und Füßen und freue mich genauso sehr wie alle anderen. Zuerst wird das Junikind hereingeführt, dann kommen die übrigen und wir selbst, je nach Alter,

danach die Dienstboten, anschließend der Oberaufseher mit seiner Familie, gefolgt von den übrigen Gutsaufsehern, den Mamsells, den Buchhaltern und Sekretären, und zum Schluß die Kinder, scharenweise – die großen führen die kleinen an der Hand und tragen die Babies im Arm, und die Mütter schauen neugierig zur Tür herein. So viele wie ins Zimmer passen, stellen sich vor den Christbäumen auf und singen zwei oder drei Lieder; danach erhalten sie ihre Geschenke und gehen triumphierend ab, machen Platz für den nächsten Schub. Meine drei Kleinen haben auch kräftig mitgesungen, egal ob das Lied ihnen gerade bekannt war oder nicht. Sie hatten zur Feier des Tages weiße Kleidchen an, und das Junikind hatte man sogar in ein tief ausgeschnittenes, kurzärmeliges Gewand gesteckt, wie es bei Teutonenkindern ohne Rücksicht auf das Thermometer Brauch ist. Ihre Ärmchen sind eine Miniaturausgabe von Preisringerarmen – so etwas habe ich noch nie gesehen; sie sind der Stolz und die Freude ihres kleinen Kindermädchens, das ihnen blaue Bänder verpaßt hatte und sie ständig herzte. Wenn das Junikind größer ist und dann noch immer solche Arme hat, werde ich es wohl kaum auf einen Ball mitnehmen können.

Als sie mir Gutenacht sagten, waren alle furchtbar blaß und ermattet. Das Aprilkind trug ein ebenfalls erschöpft aussehendes japanisches Püppchen, das sie mit ins Bett nehmen wollte, nicht etwa aus Liebe, sondern aus Mitleid, es schien so unendlich müde zu sein. Sie küßten mich zerstreut und verschwanden, nur das Aprilkind warf den Christbäumen beim Vorbeigehen einen Blick zu und knickste.

»Auf Wiedersehn, Bäume«, hörte ich sie sagen; und dann ließ sie das japanische Püppchen sich vor ihnen verbeugen, was in recht müder und blasierter Manier geschah. »*Du* wirst nie wieder solche Bäume sehen«, sagte sie und schüttelte es strafend, »denn beim nächsten Mal bist du *lange schon* zerbrochen.«

Sie ging hinaus, kam aber gleich wieder zurück, als habe sie etwas vergessen.

»Sag dem Christkind ganz *vielen* Dank, Mami, ja, für all die schönen *things*, die Er uns *gebringt* hat. Du schreibst Ihm doch wohl gleich, nicht?«

Ich kann überhaupt nichts Stumpfsinniges an unserem Weihnachten entdecken, und wir waren von Herzen froh, ohne daß wir's vortäuschen mußten, und zumindest für zwei Tage kamen wir uns alle ein Stück näher und waren lieb zueinander. Glück ist so bekömmlich; es stärkt und belebt meine Frömmigkeit viel wirksamer als jede Menge Schicksalsprüfungen und Sorgen, und eine unerwartete Freude ist das sicherste Mittel, mich in die Knie zu zwingen. Trotz der Beteuerungen einiger seltsamer Geister, daß ihnen Prüfungen guttäten, glaube ich das nicht. Dergleichen kann uns nur verhärten, während Glück uns weich stimmt, uns freundlicher und gütiger macht. Und will etwa jemand behaupten, es gehöre sich für uns, für Prüfungen dankbarer als für Wohltaten zu sein? Wir sind zum Glücklichsein bestimmt und sollten alles Glück mit Dankbarkeit empfangen – keiner von uns ist wirklich je dankbar genug, und doch bekommt jeder so viel, so ungeheuer viel, mehr als wir verdienen. Ich kenne eine Frau – sie war im letzten Sommer hier –, die sich grimmig freut, wenn ihre Nächsten leiden. Sie glaubt, das sei unser Schicksal und es stärke uns und tue nur gut, und sie würde niemandem auch nur unnötigen Schmerz ersparen wollen; sie weint mit den Leidenden, ist aber überzeugt davon, es geschehe alles zum besten. Möge sie denn in ihrem trüben Glauben beharren; sie hat keinen Garten, der die Schönheit und das Glück der Frömmigkeit lehren kann, sie wünscht sich das auch nicht im geringsten; ihre Überzeugungen sind grau wie die tristen Straßen und Häuser, in denen sie wohnt – die traurige Farbe der Masse. Ergebenheit in das, was man als ›Schicksal‹ bezeichnet, ist einfach unwürdig. Wenn das Schicksal dich zum Weinen bringt und elend macht, schüttel es ab und ergreif ein anderes; geh deinen Weg; kümmere dich nicht um die Aufschreie deiner Verwandten, ihren Spott oder ihr Flehen, laß nicht diese

Minigesellschaft dir Kommen und Gehen vorschreiben, hab doch keine Angst vor der öffentlichen Meinung, wie sie dein nächster Nachbar verkörpert, wenn die ganze Welt vor dir liegt: neu und strahlend und alles möglich ist, so du nur tatkräftig und unabhängig bist und die Gelegenheit beim Schopfe packst.

»Hört man Sie reden«, sagte Irais, »käme keiner je auf den Gedanken, daß Sie Ihre Zeit in einem Garten über einem Buch verträumen und daß Sie nie im Leben etwas beim Schopfe gepackt haben. Und was ist ein Schopf? Hoffentlich habe ich keinen.« Und sie reckte den Hals vorm Spiegel.

Sie und Minora wollten mir eigentlich beim Schmücken der Christbäume helfen, aber schon bald zog es Irais zum Klavier, und Minora wurde müde und nahm sich ein Buch; so rief ich Miss Jones und die Kinder zu mir – es war Miss Jones' letzter öffentlicher Auftritt, wie ich noch erzählen werde –, und nachdem ich zwei Tage lang viel Zeit damit verbracht hatte, waren die Weihnachtsbäume fertig und sahen wie zwei anmutige Damen aus in weiten, glitzernden Petticoats, die ihre Röcke mit Lamettafingern hochhoben. Minora beschrieb sie ausführlich für ein Kapitel mit der Überschrift *Noël* – soviel konnte ich sehen, da sie ihr Notizbuch offen auf dem Tisch liegenließ, während sie sich zu einem Gespräch mit Miss Jones zurückzog. Sie waren von Anfang an gute Freundinnen, und wenn es auch natürlich sein soll, daß man sich zu den eigenen Landsleuten hingezogen fühlt, ist es mir doch gänzlich unmöglich, dies als Grund für eine derart rasche Zuneigung anzuerkennen.

»Ich frage mich, worüber sie reden?« sagte ich gestern zu Irais, als man Minora nicht zum Tee kriegen konnte, so vertieft war sie in eine Unterhaltung mit Miss Jones.

»Ach, meine Liebe. Wie soll ich das denn wissen? Über Liebhaber, vermutlich; vielleicht meinen sie auch, sie seien klug, und reden dann Unsinn.«

»Klar, natürlich. Minora meint, sie sei klug.«

»Vermutlich. Aber ist doch gleichgültig, was

sie meint. Warum sieht Ihre Erzieherin so düster aus? Wenn ich sie beim Essen sehe, denke ich immer, sie hat gerade eine Todesnachricht erhalten. Aber das kann ihr ja nicht *jeden* Tag passieren. Was ist los mit ihr?«

»Ich glaube nicht, daß ihre Miene genau dem entspricht, was sie fühlt«, sagte ich unschlüssig; ich selbst versuchte ja ständig, mir Miss Jones' Ausdruck zu erklären.

»Wie angenehm für sie!« sagte Irais. »Es wäre schrecklich, wenn sie genau das fühlte, was ihre Miene zeigt.«

In diesem Augenblick öffnete sich leise die Tür, die zum Schulzimmer führt, und das Aprilkind, müde vom Spielen, kam herein und setzte sich mir zu Füßen, wobei sie die Tür offenließ; und nun hörten wir folgendes von Miss Jones …

»Eltern sind selten weise, und gräßlich muß die Anstrengung sein, die es die Gewissenhaften kostet, vor ihren Kindern und Erzieherinnen weise zu erscheinen. Auch Geistliche sind nicht frömmer als andere Menschen, dennoch müssen sie ständig vor ihrer

Gemeinde diesen Eindruck erwecken. Was nun die Erzieherinnen betrifft, Miss Minora, so weiß ich, wovon ich rede, wenn ich Ihnen versichere, es gibt nichts Unerträglicheres als höflich und sogar demütig Personen gegenüber sein zu müssen, deren Schwächen und Torheiten so kraß in jedem ihrer Worte zum Vorschein kommen, und durch die Anwesenheit der Kinder und der Herrschaften zu einem würdevollen Auftreten gezwungen zu werden, das ganz und gar nicht mit der eigenen Empfindung übereinstimmt. Der gesetzte Familienvater, früher wahrscheinlich einer der rüdesten Junggesellen, ist an seinem Familientisch ein interessanter Studiengegenstand, wo er notgedrungen eine Miene der Unfehlbarkeit aufsetzen muß, allein deshalb, weil seine Kinder ihn anschauen. Die Tatsache seiner Elternschaft stattet ihn nicht auf einmal mit irgendwelcher überragenden Tugend aus; und ich kann Ihnen mit Sicherheit sagen, daß von den auf ihn gerichteten Blicken die nicht unkritischsten und belustigtsten von jener bescheidenen Person stammen, die die Stelle einer Erzieherin innehat.«

»Oh, Miss Jones, wie wunderschön!« hörten wir Minora hingerissen sagen, während wir starr vor Entsetzen über diese Gefühlsäußerungen dasaßen. »Haben Sie etwas dagegen, wenn ich mir das in mein Buch notiere? Sie drücken das alles so herrlich aus.«

»Ohne einige Stunden der Entspannung«, fuhr Miss Jones fort, »der privaten Entschädigung für die Mühsal, in der Öffentlichkeit tugendhaft zu sein, wer könnte da durch Tage vorbildhaften Benehmens schreiten! Es gäbe keinen Widerspruch, keinen Raum für bessere Impulse oder Reue. Eltern, Priester und Erzieherinnen wären in der Lage einer beleibten Dame, die niemals einen ruhigen Moment hat, wo sie ihr Korsett ablegen kann.«

»Meine Liebe, die hetzt ganz schön auf!« flüsterte Irais.

Ich stand auf und ging ins Schulzimmer. Sie saßen auf dem Sofa, Minora blickte mit gefalteten Händen bewundernd in Miss Jones'

Gesicht, das einen ganz anderen Ausdruck zeigte als den sonst gewohnten von verdrießlich unwilligem Anstand.
»Darf ich Sie bitten, zum Tee zu kommen?« sagte ich zu Minora. »Und ich hätte gern die Kinder für eine Weile.«
Sie stand nur sehr widerstrebend auf, aber ich wartete an der offenen Tür, bis sie im Zimmer stand und die beiden Kinder ihr gefolgt waren. Sie hatten sich damit vergnügt, einander die Ohren mit Zeitungsstückchen auszustopfen, dieweil Miss Jones Minora edle Gedanken für ihr Opus lieferte, und mußten später mit der Pinzette gequält werden. Ich sagte nichts zu Minora, sondern hielt sie bis zur Tischzeit bei uns, und heute morgen haben wir eine lange Schlittenfahrt gemacht. Als wir zum Mittagessen zurückkamen, war keine Miss Jones mehr da.
»Ist Miss Jones krank?« fragte Minora.
»Sie ist fort«, sagte ich.
»Fort?«
»Haben Sie noch nie von so etwas wie einer kranken Mutter gehört?« erkundigte sich

Irais sanft; danach sprachen wir entschieden von anderem.

Den ganzen Nachmittag blies Minora Trübsal. Sie hatte eine verwandte Seele gefunden, die ihr grausam entrissen worden ist, wie verwandte Seelen so oft. Es genügt, um sie in trübe Stimmung zu versetzen, und es ist nicht ihre Schuld, die Ärmste, daß sie die Gesellschaft einer Miss Jones Irais' und meiner vorzuziehen beliebte.

Beim Abendessen musterte Irais Minora, die mit geneigtem Kopf dasaß. »Sie sehen so blaß aus«, sagte sie, »geht's Ihnen nicht gut?«

Minora hob mühsam die Augen mit der geduldigen Miene desjenigen, der gern als leidend gesehen werden will. »Ich habe leichte Kopfschmerzen«, antwortete sie leise.

»Hoffentlich werden Sie nicht krank«, sagte Irais voller Teilnahme, »denn hier gibt's nur einen Viehdoktor, und obwohl er's gut meint, ist er doch, fürchte ich, ziemlich grob.«

Minora war sichtlich erschrocken. »Aber was tun Sie, wenn Sie krank sind?« fragte sie.

»Oh, wir sind nie krank«, sagte ich. »Das Wissen allein, daß da niemand ist, der uns heilen kann, scheint uns gesund zu halten.«
»Und wenn einer ins Bett muß«, sagte Irais, »holt Elizabeth immer den Viehdoktor.«
Minora blieb still. Sie hatte sicherlich das Gefühl, sie wäre in eine Gegend verschlagen, die ausschließlich von Barbaren bewohnt wird, und daß das einzig zivilisierte Wesen außer ihr selbst fortgereist sei und sie uns auf Gedeih und Verderb ausgeliefert habe. Wie auch immer ihre Überlegungen gewesen sein mögen, die Symptome verzogen sich merklich.

Weihnachtsferien in den Bergen

Ein friedliches und geregeltes Leben hatte jetzt für mich begonnen mit stillen Morgenstunden, in denen ich ungestört arbeitete – denn man kann nicht gestört werden, wenn niemand da ist außer einem ungewöhnlich wohlerzogenen Hund –, mit Mahlzeiten draußen auf der Terrasse, bei denen ich die ganze Simplonkette vor mir hatte als Abschluß der gewaltigen Berglandschaft, auf die ich zwischen den einzelnen Bissen einen Blick werfen konnte, mit langen Spaziergängen an den Nachmittagen in Cocos Begleitung – »Ein Bär! Ein Bär!« pflegten die Kinder zu rufen, wenn sie uns trafen –, mit Abenden, die ich lesend am brennenden Kamin verbrachte, während Coco auf einer Matte davor lag. Ehe ich ihn zu Bett brachte, machten wir dann noch einen letzten Gang auf die Terrasse, aus dem vom Feuerschein erhellten Raum hinaus in die weite Nacht, diese erregend schöne Nacht mit dem funkelnden Sternenmeer über den schneebedeckten Bergen, zwischen denen unser kleines Haus so nahe dem Himmel eingebettet lag; und weit unter uns flimmerten und tanzten im Tal die Lichter der kleinen Stadt, als schimmerten sie aus der Tiefe eines Sees zu uns heraus.

In dieser erhabenen Natur verweilten wir allnächtlich, ehe Coco und ich uns zur Ruhe begaben, und während Coco ruhig dasaß und mich beobachtete, gab ich mich einige Augenblicke lang innerer Sammlung hin. Der Diener, seine Frau und die »jeune fille« – wie die beiden das Hausmädchen immer nannten – waren längst schlafen gegangen, und Coco und ich hatten die ganze Welt für uns – so empfanden wir es wenigstens in diesem feierlichen Schweigen und der makellosen Reinheit der Luft.

Herrliche und begnadete Augenblicke, und ich hatte befürchtet, daß ich mich einsam fühlen würde! Einsam? Hier, in dieser völligen Weltabgeschiedenheit, wie ich sie bisher noch nie gekannt hatte, wurde mir bewußt, daß es gerade die Einsamkeit ist, die ich zutiefst liebe, denn wie wäre es sonst möglich gewesen, daß ich diese Wochen als die glücklichsten meines bisherigen Lebens empfand? Ich war schon oft glücklich gewesen, wenn auch nicht ununterbrochen – aber wer ist ununterbrochen glücklich? –, so doch während längerer Zeiträume. Aber dies war eine Art Glücklichsein, wie ich es vorher nicht gekannt hatte, es war »etwas viel tiefer Wurzelndes«, wie Wordsworth es ausdrückte. Niemand kann so wie er gewisse unbeschreibliche Gemütszustände in Worten wiedergeben.

Und nichts änderte sich an meinen Gewohnheiten, bis der erste Schnee fiel. Er kam ganz plötzlich. Das Wetter schlug um, und mit einem Male war der Winter da. Nun werden wir ja sehen, dachte ich, während ich durch die schneeverwehten Fenster das Unwetter draußen betrachtete, nun werden wir ja sehen, ob mir das Alleinsein nicht doch zuviel werden wird.

Aber selbst jetzt, nach einem anfänglichen,

durch den ersten Schneesturm hervorgerufenen Unbehagen über unsere völlige Abgeschlossenheit in einem plötzlich dunkel gewordenen Hause, fühlte ich mich wohl. Da war zunächst Coco, der sich so offensichtlich darüber freute, was da draußen vor sich ging. Ihm war es nichts Neues; es war ja gerade das Wetter, für das er seinen schönen dicken Pelz mit auf die Welt bekommen hatte; und da waren der Diener, seine Frau und die »jeune fille«, die ebenfalls daran gewöhnt waren und die vielleicht nicht gerade über die Tage unserer Gefangenschaft jubelten, sie jedoch als eine Selbstverständlichkeit hinnahmen.
»Der Winter ist da!« teilten sie mir mit, für den Fall, daß ich es noch nicht selbst bemerkt hätte, »aber bald«, fügten sie hinzu, »werden wir wieder schönes Wetter haben.«
Wenn ich mich auch für Coco freute, so muß ich indessen doch zugeben, daß mir dieser Tag und Nacht tobende Aufruhr in unserer dunklen Einsamkeit allmählich auf die Nerven ging; und ich muß gestehen, daß manchmal, wenn der Sturm besonders heftig wü-

tete und ich vor dem Feuer hockte und mich fragte, wie lange das Dach diesem Toben der Elemente wohl noch standhalten würde, nur das Bewußtsein von Cocos Nähe – meine Hand auf seinem Kopf und seine Pfote auf meinen Füßen – mir Mut gab. Ohne ihn hätte ich vielleicht dieses Leben keine Woche länger ausgehalten; und darum empfehle ich jenen Menschen beiderlei Geschlechts, aber vor allem den Frauen, die leicht den Mut verlieren, wenn sie lange allein sind, die sich des Abends fürchten, wenn niemand da ist, mit dem sie sprechen können, die nicht gern schweigend zu ihrem einsamen Schlafzimmer hinaufgehen, die voller Zärtlichkeit sind und niemanden haben, an den sie sie verschwenden können, die sich nach Liebe sehnen und gleichviel aus welchem Grunde keine finden – deshalb möchte ich allen diesen sagen: geht und kauft euch einen Hund! Bei Harrods zum Beispiel werdet ihr eine große Auswahl dieser vierbeinigen Freunde finden, die nur darauf warten, daß man ihnen die Möglichkeit gibt, euch zu erheitern und zu beschützen. Und dabei erwarten sie keinerlei Gegenleistung; was auch immer geschieht, sie werden sich nie beklagen, sie werden niemals grob, noch werden sie sich je eine Kritik erlauben, und welches Leid man ihnen auch zufügt, keines ist zu groß, als daß es nicht von ihnen sofort und freudig verziehen würde. Wirklich, sie sind Heilige! Und frohsinnige Heilige – was ich für sehr wesentlich halte. Und zweifellos sind sie ebenso zahlreich wie die menschlichen Heiligen. Wenn man es mir nicht als Übertreibung auslegen könnte, würde ich sagen, daß sich schwerlich ein vollkommenerer Heiliger finden läßt als ein guter Hund.

Unlängst entdeckte ich zufällig ein kleines Gedicht, das mir großen Spaß machte und dem ich nur aus vollem Herzen zustimmen kann:

Zum Wohle aller guten Hunde
erheb' ich mein gefülltes Glas.
Doch denk' ich jener nicht, die edelen Geblüts,
noch jener Zuchtprodukte, die ein Preis gekrönt,

nein, aller jener denk' ich dankbaren Gemüts,
der Stammbaumlosen, die man sonst verhöhnt.
Ich trink' auf ihre Treue, ihren Mut, ihr kluges Wesen,
auf alles, was in ihren Blicken ist zu lesen.
Nur ihrem Lob gilt diese Stunde,
und fröhlich wedelnd trotten sie fürbaß.

Und eines Morgens wachte ich auf und stellte fest, daß das Wetter wieder schön geworden war – unleugbar schön, wenn auch auf eine ganz andere Art als im Herbst.

Wenn Coco und ich jetzt das Haus verließen oder wieder betraten, gingen wir zwischen hohen Schneewällen hindurch, über denen an der Dachtraufe unzählige Eiszapfen wie blitzende Speere hingen. Das Licht, das von dem hellen Himmel herniederstrahlte und von dem leuchtenden Schnee wieder zurückgeworfen wurde, blendete so stark, daß ich eine dunkle Brille tragen mußte. Die Wege waren nirgends mehr zu erkennen, und wenn der Diener jetzt die Lebensmittel holte, so tat er es auf Skiern. An den kurzen Nachmittagen gingen Coco und ich nun nicht mehr spazieren, statt dessen schlitterten wir. Und es war Cocos größte Freude, auf den schmalen geschaufelten Wegen hin und her zu rasen, wobei er wahre Wolken von Schneestaub aufwirbelte. Jetzt draußen Röcke zu tragen, war unmöglich; und selbst die »jeune fille« marschierte, wenn sie ihren Ausgang hatte, in Hosen los. In diesen Wochen erfüllte uns alle ein so erhöhtes Lebensgefühl, daß, wann immer einer den anderen ansah, jeder über das ganze Gesicht strahlte; und was das Essen betraf, so bekam es jetzt eine ganz neue Wichtigkeit für uns, und jede einzelne Mahlzeit wurde zu einem Hochgenuß.

Kurz, wir lebten gesund und folglich glücklich und wahrscheinlich sehr vernünftig. Die Sonne schien unsere Körper ganz zu durchdringen. Die dünne reine Luft trug uns vorwärts, als ob wir Flügel hätten. Drinnen im Hause sangen wir, und draußen schwebten wir auf Skiern durch die Weite: ich, das junge Mädchen und sogar der gesetzte Diener und seine dicke Frau. Als ich die dicke Frau zum erstenmal auf Skiern sah, zitterte ich für sie, die dünnen Brettln schienen mir viel zu leicht, um ihr schweres Gewicht aushalten zu können. Aber ab sauste sie – ihrer selbst so sicher, wie nur irgend jemand – und verschwand hinter dem Hang wie ein plumper unbeholfener, aber nichtsdestoweniger geschickter Vogel.

Wenn nur das Wetter während der Weihnachtsferien so bleiben würde! Wenn nur die Kinder es auch genießen könnten! war mein ständiger Gedanke, der schließlich fast zu einem Gebet wurde.

Und das Wetter blieb so schön, und die Kinder konnten es mit genießen, und ich glaube, es wäre das schönste Weihnachten unseres Lebens geworden, wenn etwas nicht so gestört hätte.

Und das waren die Gäste!

Gäste können – und sind es auch oft – entzückend sein, aber man sollte niemals zulassen, daß sie die Oberhand bekommen. Von nun an, bis der Wetterumschlag im März ihrem Kommen und Gehen ein Ende machte – oder vielmehr nur ihrem Kommen, denn von einem Gehen war bald keine Rede mehr –, beherrschten sie mein Dasein. Ich habe nicht vergessen, daß ich eigentlich über Hunde und keine Autobiographie schreiben will, und wenn ich jetzt auf meine Gäste zu sprechen komme, so tue ich es nur, weil Cocos Haltung ihnen gegenüber ihre Erwähnung auf diesen Seiten notwendig macht. Wenn ich von Coco erzähle, muß ich auch von den Gästen erzählen. Sonst hätte ich sie – wie so manches andere – mit Stillschweigen übergangen.

Zunächst muß ich kurz erklären, wie es dazu kam, daß sie in mein kleines friedliches Haus eindrangen.

Ich hatte fünf Kinder, und jedes Kind durfte sich, wenn es wollte, für die Weihnachtsferien zwei Freunde einladen. Das hatte ich ihnen in der ersten Begeisterung, als ich mit dem Bau des Hauses begann, versprochen, und ich wollte nicht wortbrüchig werden.

Aber zwei Freunde von jedem machten im ganzen zehn, so daß mit meinen eigenen fünf fünfzehn Kinder um mich sein würden. Und das, dachte ich, war doch etwas reichlich!
Als die Ferienzeit näher rückte, stiegen in mir Befürchtungen auf. Nicht etwa wegen eines etwaigen Platzmangels – das Haus war schon im Hinblick auf den Besuch solcher Feriengäste entsprechend geräumig gebaut worden –, sondern weil es mir plötzlich zum Bewußtsein kam, daß ich ja dann unter diesen vielen Kindern die einzige Erwachsene war.
Meine Besorgnisse nahmen immer mehr überhand. Ich überlegte mir, was ich, als einzige Erwachsene, anfangen sollte, wenn die Kinder in dieser herben kräftigenden Luft vor lauter Gesundheit und Wohlbehagen übermütig werden würden? Und als ihre Ankunft unmittelbar bevorstand, die fünfzehn Betten bereits hergerichtet waren und die erste Mahlzeit, für die ich als Nachspeise sechzig Sahnebaisers bestellt hatte, angeordnet war, verlor ich die Nerven und lud mir telegraphisch einen Gast ein. Nur, um mir einen

Rückhalt zu geben und den Gästen meiner Kinder gegenüber einen Ausgleich zu haben.

Es war ein älterer Mann, klein, schmal und hager, den ich wegen seines gesetzten Wesens unter meinen Freunden ausgewählt hatte. Ich hatte mir gedacht, daß seine bloße Gegenwart auf diese tobende Bande ausgelassener Gören eine beruhigende Wirkung ausüben würde; doch als er erschien, mußte ich feststellen, daß er innerhalb weniger Stunden ein völlig anderer Mensch wurde. Auch schien er mir von Anfang an gar nicht so alt, wie ich ihn in der Erinnerung hatte.

Wie ich später herausfand, war das zweifellos dem Einfluß des Hauses, der Umgebung und der Bergluft zuzuschreiben. Die Leute kamen hier alt, steifbeinig und vom Leben mitgenommen herauf und hatten in wenigen Tagen nicht nur vergessen, daß sie jemals von Rheumatismus oder ähnlichen Leiden geplagt gewesen waren, sondern verjüngten sich hier derart zusehends, daß sie durch ihr Benehmen beinahe unangenehm auffielen.

Die Wintersonne und die Höhenluft zeitigten merkwürdige Ergebnisse. Mein friedliches Haus wurde im Laufe der Zeit zu einem Schauplatz der verschiedenartigsten Temperamentsausbrüche. Irgend jemand befand sich immer in einem Zustand höchster Erregung, weil alle Gefühle sich hier so übersteigerten. Wenn Tränen vergossen wurden, geschah es nicht in Tropfen, sondern in Strömen; jede Zuneigung artete sofort zu übertriebener Bewunderung aus, Verehrung wurde zur Anbetung und Abneigungen äußerten sich derart heftig, daß sie von Haß nicht mehr weit entfernt waren.
Ich vermute, es lag daran, daß wir alle so von Lebenskraft überschäumten. Und ich glaube, auch die Tatsache, daß wir so vollständig von der Welt abgeschnitten und so ganz aufeinander angewiesen waren, wie die Geschöpfe in der Arche Noah, hatte etwas damit zu tun. Jedenfalls fanden sich die Gäste merkwürdig rasch mit dieser Tatsache ab. Wild entschlossen, das Beste daraus zu machen, stürzten sie sich leidenschaftlich in dieses ungewohnte

Leben und wurden dadurch völlig umgekrempelt.

Mein erster Gast lieferte zum Beispiel schon am zweiten Tage einen deutlichen Beweis, welche Veränderung mit ihm vorgegangen war. Es begann damit, daß er sich, als er zum Frühstück erschien, unternehmungslustig die Hände rieb und dann einige der Kinder in ihre vier Buchstaben kniff; und da diese Übergriffe seiner sonstigen Wesensart so gar nicht entsprachen, blickte ich überrascht auf.

Als die Kinder daraufhin mit großem Getöse das Zimmer verlassen hatten und er und ich mit den Hörnchen und der Kaffeekanne allein geblieben waren, bat er mich in einem jovialen Ton, der mir bisher an ihm noch nicht aufgefallen war, ihm doch – ganz im Vertrauen und unter Zusicherung seiner Verschwiegenheit – zu sagen, wer mir meine Bücher schreiben hülfe.

Das befremdete mich. Aber was er dann sagte, befremdete mich noch viel mehr; denn nachdem ich ihm auf seine Frage nach dem

Thema meines neuesten Buches etwas zögernd und verlegen – weil ich ihn für einen Mann mit strengen Grundsätzen hielt – geantwortet hatte, daß es mir sehr leid täte, aber ich müsse ihm leider sagen, es handele von Ehebruch – rief er mit verblüffend begeisterter Zustimmung aus: »Der interessanteste Sport der Welt!«

Was war das für ein Gast, fragte ich mich im stillen entsetzt, den ich schutzlose Frau mit meinen fünf Kindern mir da aufgehalst hatte?

Aber es sollte mir noch Schlimmeres bevorstehen. Denn, anstatt mir zu helfen, die lebhaften Kinder zu bändigen, ließ er bald darauf ganz offenkundig merken, daß er sich gar nicht für sie interessiere, und begann, sich lediglich auf mich zu konzentrieren. Mit anderen Worten: er hörte auf, nur ein Gast zu sein, und verwandelte sich in einen Freier.

Ich weiß, das ist ein sehr heikles Thema, und wenn Coco ihn nicht so ermutigt hätte, würde ich gar nicht davon sprechen. Ich weiß

auch, daß es mit auf die Höhenluft zurückzuführen war. In der Stadt hatte er niemals eine besondere Neigung für mich bezeigt, aber diese Bergluft war ihm zu Kopf gestiegen, und vielleicht fühlte er sich schon allein deshalb zu mir hingezogen, weil außer den Kindern niemand da war, mit dem er hätte reden können. »Gelegenheit macht Diebe!« Oft genügt schon ein bloßer Zufall oder ein geringfügiger Umstand, wie Ort und Wetter, um einen Mann glauben zu lassen, daß er eine Vorliebe für eine bestimmte Person habe. Da die Gelegenheit günstig und das Wetter so überaus anregend war, begann er sich mir gegenüber in einer Art zu verhalten, die man nur mit Hofmachen bezeichnen kann. Und da ich durchaus keine Neigung verspürte, auf solche Verjüngungserscheinungen einzugehen, wich ich ihm aus und ging ihm aus dem Wege, während Coco, anstatt ihn anzuknurren und ihm die Zähne zu zeigen, ganz dafür war.
Ich begriff Coco nicht. Ich habe seine Haltung meinen Verehrern gegenüber nie ver-

standen. Es war doch unmöglich, daß jeder von ihnen – bald darauf traten noch andere auf den Plan – der richtige Mann für mich sein konnte, und Coco hätte das instinktiv wissen müssen. Aber es stellte sich heraus, daß sein Instinkt in dieser Beziehung völlig versagte: er hieß sie alle mit derselben Überschwenglichkeit willkommen. Komisch, wie dieser Hund einen Freier als solchen auf den ersten Blick zu erkennen schien und ihn von anderen Männern, die er kaum beachtete, unterschied und ihn sogleich durch besondere Aufmerksamkeit auszeichnete und ermutigte. Lange bevor ich eine Ahnung hatte, daß sich unter meinen Gästen einer befand, und oft auch, bevor der Betreffende selbst sich bewußt wurde, was in ihm vorging, hatte Coco es schon spitz. Ich pflegte schließlich schon nervös zu werden, wenn ich ihn nur schweifwedelnd auf jemanden zugehen sah.

Um auf Nummer I zurückzukommen – er war es, der mir die Weihnachtsferien verdarb, weil es meiner Ansicht nach nichts Lästigeres gibt, als wenn einem immer jemand nachläuft, von dem man in Ruhe gelassen sein möchte, außer vielleicht, wenn einem jemand nicht nachläuft, von dem man es gern sähe. Ein großer Teil meiner kostbaren Zeit ging durch die Suche nach einem Versteck, in das ich mich zurückziehen konnte, durch Ausflüchte und Schwindelmanöver verloren, und all das wurde mir durch Coco noch erschwert, durch Coco, der mich durch seine Unruhe immer verriet und der, wenn ich mich mit ihm in mein Schlafzimmer geflüchtet hatte oder in irgendeinen unentdeckten Winkel, vernehmlich zu winseln begann. Es wurde mir bald klar, daß Coco dieses Versteckspiel nicht mitmachen wollte. Er war der Meinung, daß wir drei zusammenbleiben sollten; und da es ebenso unangenehm ist, einen Hund zu haben, der unruhig wird, wenn man mit ihm allein ist, wie einen Gast zu haben, der unruhig wird, wenn man nicht mit ihm allein ist, verbrachte ich eine scheußliche Zeit.

Mit welcher Erleichterung und mit welchem Glücksgefühl betrachtete ich an jenem herrlichen Morgen, als dieser Gast »unverrichteter Dinge« abreiste, all die Schönheit rings um mich her! Es schien mir, als hätte ich sie ewig nicht gesehen. Da stand ich auf der Terrasse, nachdem ich zum Abschied pflichtschuldigst mit dem Taschentuch gewinkt hatte, und fühlte mich wie ein Genesender, von dem das Fieber endlich gewichen ist, wie ein Mensch, der seinen Frieden wiedergefunden hat. Das weite Tal lag in flimmerndem Licht; das Weißhorn, das Rothorn und die ganze Simplonkette mit ihren leuchtenden Gipfeln waren mir niemals so schön erschienen. Es war, als ströme die Luft eine neue Frische und Reinheit aus. Ein wahrhaft paradiesischer Morgen! Die Fenster des Hauses standen alle weit offen, und aus dem einen hörte ich die »jeune fille« fröhlich singen, während sie die Betten des Gastes klopfte, der uns soeben verlassen hatte. Aus der Küche kam der verlockende Duft geschmorter Pflaumen, die wir bei einem Picknick – er hatte eine Abneigung gegen Picknicks – verzehren wollten, und als sie fertig waren, half

Coco, wieder ganz der Alte, mir den mit so viel Köstlichkeiten gefüllten Freßkorb zu der Schneehalde hinaufzutragen, wo die Kinder und ich unser Mahl in der Sonne einnahmen.

Geliebte Kinder! Guter Hund! Himmlische Freiheit! Du wunderbare Welt!

Das waren die Empfindungen, die das Scheiden meines ersten Gastes in mir auslöste!

Aber ich möchte nicht den Eindruck erwekken, als sei ich ungastlich. Ich glaube, daß ich im Gegenteil eine gute Gastgeberin bin. Während mein Gast da war, sorgte ich stets dafür, daß etwas Gutes auf den Tisch kam, und plünderte meinen Weinkeller so gründlich, daß nicht eine einzige Flasche übrigblieb und wir wieder zu Limonaden zurückkehren mußten. Aber wenn ein Gast abreist, dann empfindet man, glaube ich, doch immer eine Art Erleichterung. Wie angenehm sein Besuch auch gewesen sein mag, man freut sich doch, wieder unter sich zu sein und ins alte Gleis zurückzukommen. Das trifft besonders dann zu, wenn es ein Freier ist, der uns

verläßt, denn Freier sind alles in allem meist doch nur eine Plage. Selbst, wenn es sich um einen handelt, der einem ganz gleichgültig ist, tut man noch ein übriges und gibt sich besondere Mühe, und das ist immer mit Anstrengung und Zeitverlust verbunden.
Zwar hatte ich allabendlich vor dem Schlafengehen die Mehrbelastung meiner Hausfrauenpflichten verwünscht und mich geärgert, wenn ich mir wieder über den Küchenzettel den Kopf zerbrechen mußte – dennoch unterzog ich mich aller dieser Mühen und zeigte mich von meiner besten Seite. Was, alte Eva, fragte ich mich, geht eigentlich in dir vor?
Die letzten Ferientage gingen schnell vorbei, und als Coco und ich wieder allein waren, nahmen wir das alte Leben wieder auf, das so ganz meinen Geschmack entsprach und das auch ihm zu gefallen schien.
Ich sage absichtlich »zu gefallen schien« – weil es, obwohl kein Hund sich mehr darüber freuen konnte, mich ganz allein für sich zu haben, Augenblicke gab, in denen ich ihn

schnüffelnd vor der Tür des Zimmers erwischte, das mein erster Gast bewohnt hatte. Und dabei sah er ausgesprochen melancholisch aus und kam auf meinen Ruf nur widerstrebend zu mir.

Getrübter Weihnachtsfrieden

Weihnachten geriet Wemyss mit Miss Entwhistle aneinander, die, seit sie von der Verlobung erfahren hatte, immer so ruhig und gutartig gewesen war, daß er sie richtig mochte.
Sie hatte anscheinend eingesehen, daß sie nur eine Nebenrolle spielte, und dies wortlos akzeptiert. Sie stellte ihm keine Fragen mehr und machte keine Schwierigkeiten. Sie ließ ihn mit Lucy in Eaton Terrace allein. Zwar mußte sie ihn und Lucy nach wie vor auf den Ausflügen begleiten, doch hielt sie sich dabei derart im Hintergrund, daß er ihre Anwesenheit ganz vergaß. Aber als er Mitte Dezember eines Nachmittags bemerkte, daß er Weihnachten immer in *The Willows* verbracht habe, und sie fragte, wann sie und Lucy denn kommen würden, an Heiligabend oder schon einen Tag vorher, guckte sie zu seiner Verblüffung erstaunt drein und meinte nach kurzem Schweigen, es sei ja sehr nett von ihm, aber

sie wollten Weihnachten doch lieber zu Hause verbringen.

»Ich hatte gehofft, Sie würden uns Gesellschaft leisten«, sagte sie. »Müssen Sie wirklich weg?«

»Aber –«, begann Wemyss ungläubig, da er meinte, sich verhört zu haben.

Doch es war so: Miss Entwhistle wollte nicht nach *The Willows* kommen; und wenn sie nicht wollte, konnte natürlich auch Lucy nicht kommen. Nichts, was er ins Feld führte, vermochte sie in ihrem Entschluß wankend zu machen. Hier lag eine Wiederholung, nur eine viel schlimmere – man bedenke, Weihnachten verderben! –, ihres Verhaltens in Cornwall vor, als sie darauf bestand, das hübsche Häuschen, in dem sie sich doch alle so gemütlich eingerichtet hatten, zu verlassen und Lucy mit sich nach London zu nehmen. Er hatte vergessen, daß ihm schon dort unten ein eigensinniger Zug an ihr aufgefallen war, so nachgiebig hatte sie sich in den vergangenen Wochen gezeigt. Es war ein Schock für ihn, als er feststellen mußte, daß ihr Eigensinn, der eigensinnigste Eigensinn, der ihm jemals begegnet war, möglicherweise so weit ginge, daß seine Pläne durchkreuzt würden. Er konnte das einfach nicht glauben. Er konnte einfach nicht glauben, daß er nicht kriegen würde, was er wollte, und das nur, weil eine alte Jungfer »nein« sagte. Konnte die Geschichte von Balaam umgekehrt und der Engel vom Esel aufgehalten werden? Er verwarf eine solche Möglichkeit.

Wemyss, der zuerst seine Pläne machte und erst hinterher darüber sprach, hatte selbst Lucy gegenüber kein Wort über Weihnachten verloren.

Stets pflegte er festzulegen, was er machen wollte, alle Einzelheiten zu regeln, und dann, wenn alles fertig war, diejenigen, die daran teilnehmen sollten, darüber zu informieren. Es war ihm überhaupt nicht in den Sinn gekommen, daß es bei der Sache mit Weihnachten Probleme geben könnte. Es hatte für ihn festgestanden, daß er Weihnachten mit seinem kleinen Mädchen verbringen würde, und da er es stets in *The Willows* verbrachte, sie es natürlich auch dort verbringen würde. Alle Vorbereitungen waren getroffen, und die Hausangestellten, die überrascht dreinblickten, hatten Weisung erhalten, die Fremdenzimmer für zwei Damen herzurichten. Von der ersten Dezemberwoche an hatte er sich schon auf das Ereignis innerlich eingestellt und statt eines einzigen zwei große Puter bestellt, weil dies sein erstes richtiges Weihnachten in *The Willows* werden sollte – Vera hatte keinen Sinn für Weihnachten gehabt –, und er war der Meinung, daß man es gar nicht ausgiebig genug feiern konnte. Zwei, wo es in den früheren Jahren einen gegeben hatte – nämlich Puter; vier statt der früheren zwei – nämlich Plumpuddings. Er verdoppelte alles. Verdoppelung schien ihm der geeignete, ja, der symbolische Ausdruck seiner Gefühle, denn würde er sich nicht bald selbst verdoppeln? Und auf welch reizende Weise!

Dann, nachdem er seine Vorbereitungen beendet hatte und zu der Frage des Anreisetages übergegangen war, sah er sich plötzlich einer Opposition gegenüber. Miss Entwhistle wollte nicht nach *The Willows* kommen – unglaublich, unmöglich und unerträglich! –, während Lucy, anstatt sofort darauf zu bestehen und sich mit ihm zu einer zwingenden Majorität zusammenzufinden, stumm dasaß wie eine Maus.

»Aber Lucy –«, nachdem Wemyss ihre Tante sprachlos angestarrt hatte, wandte er sich an sie. »Aber natürlich müssen wir Weihnachten zusammen verbringen.«

»O ja«, sagte Lucy und beugte sich vor, »natürlich –«

»Aber natürlich mußt du kommen. Jede andere Regelung ist doch undenkbar. Mein Haus liegt auf dem Land, was der geeignete Ort für Weihnachten ist, und es ist das Haus deines Everard, und du hast es noch nicht gesehen – ich hätte dich ja schon längst mal hingebracht, aber ich habe es mir für diesen Anlaß aufgespart.«

»Wir hatten gehofft«, sagte Miss Entwhistle, »Sie würden zu uns kommen.«

»Hierher! Aber hier ist doch kaum Platz, um

einen Puter am Spieß zu braten. Ich habe zwei bestellt, und jeder von ihnen ist doppelt so breit wie Ihre Haustür. »

»Oh, Everard – hast du tatsächlich Puter bestellt?« sagte Lucy.

Sie mußte fast lachen, aber gleichzeitig war ihr zum Heulen zumute. Seine Naivität war wirklich erstaunlich. In ihren Augen machte ihn diese Naivität über jede Kritik erhaben und unantastbar, wie der Nimbus eines Heiligen.

Daß er insgeheim fleißig Vorbereitungen getroffen, Puter gekauft, eine Überraschung geplant hatte, während sie immer dachte, er erwähne *The Willows* deshalb nie, weil er sowohl seinet- als auch ihretwegen vor diesem Haus seines Unglücks zurückschrecke! Nie war die Rede davon gewesen, daß er es ihr zeigen wolle, im Unterschied zu dem Haus am Lancaster Gate, und sie hatte gemeint, er würde sich nie mehr wieder in seine Nähe begeben und es wahrscheinlich stillschweigend loswerden. Natürlich würde er es loswerden wollen – das Haus mit den unerträg-

lichen Erinnerungen. Er hatte darauf bestanden, sie und ihre Tante zu dem anderen, dem Haus am Lancaster Gate, zum Tee zu bringen, und trotz eines tiefen Widerwillens, den man ihrer Tante deutlich ansah und den auch sie selbst empfand, war es ihnen schließlich doch als ganz natürlich und irgendwie unvermeidlich erschienen, und sie waren hingegangen. Zumindest hatte jene arme Vera dort nur gelebt und nicht den Tod gefunden. Es war ein düsteres Haus, und Lucy hatte den Wunsch geäußert, daß er es aufgebe und mit ihr an einem von Erinnerungen unbelasteten Ort ein neues Leben anfange, aber er war über diese Vorstellung derart erstaunt gewesen – »Aber«, hatte er gejammert, »es war doch das Haus meines Vaters, und ich bin darin geboren!« –, daß sie sich angesichts seines Entsetzens ein Lachen nicht verkneifen konnte und sich schämte, den Gedanken gehegt zu haben, ihn gewissermaßen zu entwurzeln. Im übrigen hatte sie nicht gewußt, daß er dort geboren war.
Mit *The Willows* jedoch verhielt es sich anders.

Von diesem Haus sprach er nie, und der bedauernswerte, der heikle Grund dafür war Lucy völlig klar gewesen. Nun hatte es den Anschein, als habe er es sich die ganze Zeit als eine Art Weihnachtsgeschenk aufgespart.

»Oh, Everard –! « seufzte sie. Mit *The Willows* hatte sie nicht gerechnet. Daß *The Willows* immer noch in Everards Leben herumgeisterte, und zwar durchaus rege, daß es nicht einfach nur da war, während die Häusermakler es loszuwerden versuchten, sondern besucht und offensichtlich geschätzt wurde, traf sie wie ein ungeheurer Schlag.

»Wir können doch hier eine fröhliche kleine Weihnachtsfeier für Sie arrangieren«, sagte ihre Tante und setzte das Lächeln auf, das sie immer dann aufsetzte, wenn es ihr schwerfiel zu lächeln. »Natürlich möchten Sie und Lucy zusammensein. Ich hätte Ihnen schon früher sagen sollen, daß wir fest mit Ihnen rechneten, aber irgendwie steht Weihnachten dann immer so plötzlich vor der Tür.«

»Vielleicht verraten Sie mir ja mal, warum Sie nicht nach *The Willows* kommen wollen«, sagte Wemyss und mußte an sich halten, wie er in Cornwall immer an sich gehalten hatte. »Sie sind sich selbstverständlich darüber im klaren, daß Sie sowohl Lucy als auch mir das Weihnachtsfest verderben, wenn Sie an Ihrer Weigerung festhalten.«

»Ach, so dürfen Sie es wirklich nicht auffassen«, sagte Miss Entwhistle freundlich, aber bestimmt. »Ich verspreche Ihnen, daß Sie und Lucy sich hier sehr wohl fühlen werden.«

»Sie haben meine Frage nicht beantwortet«, sagte Wemyss, wobei er gemächlich seine Pfeife stopfte.

»Ich habe auch nicht die Absicht«, sagte Miss Entwhistle, plötzlich aufbrausend. Seit ihrem zehnten Lebensjahr war sie nicht mehr aufgebraust und schämte sich auch sofort, aber Mr. Wemyss hatte etwas an sich –

»Ich denke«, sagte sie mit sehr sanfter Stimme und stand auf, »Sie möchten jetzt mit Lucy allein sein.« Und hierauf ging sie zur Tür.

Dort blieb sie unschlüssig stehen, drehte sich um und sagte noch sanfter, fast reumütig:

»Wenn Lucy nach *The Willows* fahren möchte, werde – werde ich Ihre liebenswürdige Einladung annehmen und sie hinbringen. Ich überlasse es ihr.«

Hierauf ging sie hinaus.

»Dann ist ja alles in Ordnung«, sagte Wemyss mit einem tiefen Seufzer der Erleichterung und lächelte Lucy breit an. »Komm her, Schätzchen – komm zu deinem Everard, und wir wollen Pläne schmieden. Heiland, was für eine Spielverderberin diese Frau ist!«

Und er streckte seine Arme nach Lucy aus und zog sie an sich.

[...]

Aber schließlich verbrachte man Weihnachten doch in Eaton Terrace, und vierzehn Tage lang lebten die Entwhistles von Wemyss' Putern und Plumpuddings .

Es war kein sehr gelungenes Weihnachtsfest, weil Wemyss so tief enttäuscht war; und Miss Entwhistle hatte den Entschuldigungstick derer, die wiedergutzumachen versuchen, daß etwas nach ihrem Willen ging; und Lucy, die vor *The Willows* weitaus mehr zurückgeschreckt war als ihre Tante, wünschte sich während der Feiertage etliche Male, sie wären schließlich doch hingefahren. Es wäre letztlich viel einfacher und viel weniger bedrükkend gewesen, als einen enttäuschten Everard anschauen zu müssen; aber damals, als man sie so überrumpelte, meinte sie, Festlichkeiten nicht ertragen zu können und erst recht nicht mitansehen zu können, wie Everard Festlichkeiten in jenem Haus ertragen konnte.

»Das ist ja geradezu krankhaft«, sagte er, als sie ihm auf sein Fragen hin endlich antwortete, daß sie wegen des entsetzlichen Tods der armen Vera das Gefühl habe, dort nicht hinfahren zu können; und während er sie in den Armen hielt, erklärte er ihr, wie töricht es sei, so krankhafte Gedanken zu hegen, und daß sein kleines Mädchen, das bald einen gesunden, vernünftigen Mann heirate, der weiß Gott hart genug habe kämpfen müssen, sich in diesem Zustand zu erhalten – sie schmiegte sich enger an ihn –, und dem es doch gelungen sei, ebenfalls gesund und vernünftig sein müsse. Andernfalls fürchte er, sie werde sowohl sich selbst als auch ihn sehr unglücklich machen, wenn sie dies und das nicht tun könne, weil es sie an etwas Trauriges erinnere, und hierhin und dorthin nicht gehen könne, bloß weil jemand gestorben sei.

»Oh, Everard –«, sagte Lucy hierauf und klammerte sich ganz fest an ihn. Die Vorstellung, ihn unglücklich zu machen, ihn, ihren Geliebten, der bereits ein solch schreckliches Unglück hinter sich hatte, versetzte ihrem Herzen einen Stich.

Sein kleines Mädchen müsse wissen, fuhr er fort mit jener feierlichen Stimme, in der er immer sprach, wenn er ernst war, der Stimme des Mannes, den sie vergötterte, nicht die eines Spielgefährten, des Mannes, den sie liebte, dessen Händen sie ihre irdischen Angelegenheiten getrost überlassen konnte – sein kleines Mädchen müsse wissen, daß überall irgendwann mal jemand gestorben sei. Es gebe kein Fleckchen Erde, es gebe kein Haus, außer ganz neuen –

»O ja, ich weiß – aber –«, versuchte Lucy einzuwerfen.

Und *The Willows* sei sein Zuhause, das Zuhause, auf das er sich gefreut und für das er gearbeitet habe. Endlich habe er es sich leisten können, einen Mietvertrag mit langer Laufzeit abzuschließen, einer so langen, daß es nun praktisch sein eigen sei, und er habe die letzten zehn Jahre damit verbracht, es zu vergrößern und zu verschönern, und es gebe dort keinen Ziegelstein und keinen Baum, der ihm gleichgültig sei, ja, man könne fast sagen, der ihm nicht am Herzen liege, und in den ganzen letzten Monaten habe er immer nur an den Tag gedacht, da er es ihr zeigen würde, ihr, seiner zukünftigen Herrin.

»Oh, Everard – ja – du sollst – ich möchte ja –«, stotterte Lucy daher, ihre Wange gegen die seine gelehnt, »nur jetzt noch nicht – keine Festlichkeiten – bitte – ich will keine krankhaften Gedanken mehr hegen – ich verspreche dir, nicht so empfindlich zu sein – aber – bitte –«

Und gerade als Lucy wankend wurde, gerade als sie nachgeben wollte, nicht wegen seiner Argumente, denn ihr inneres Gefühl war stärker als seine Argumente, sondern weil sie seine Enttäuschung nicht ertragen konnte, da versteifte sich Miss Entwhistle, nunmehr fest überzeugt, daß es Lucy vor einem Weihnachtsfest in *The Willows* graute, plötzlich wieder auf ihre ursprüngliche Haltung und verkündete, daß sie die Feiertage in Eaton Terrace verbringen würden.

So mußte sich Wemyss notgedrungen fügen. Diese Erfahrung war so neu für ihn, daß er einfach nicht darüber hinwegkam. Als dann feststand, daß ihm sein Weihnachten, wie er behauptete, verpatzt worden war, verlor er kein Wort mehr darüber und verfiel ins andere Extrem und schwieg. Daß sein kleiner Liebling so sehr unter dem Einfluß der Tante stehe, stimme ihn traurig, sagte er zu Lucy. Sie versuchte ihn aufzuheitern, indem sie ihm zu verstehen gab, daß dies nur beweise, wie ergeben sie der Person sei, bei der sie zufällig lebe – »und bald wird sich meine Erge-

benheit ganz auf dich konzentrieren«, sagte sie fröhlich.
Aber er wollte nicht fröhlich sein. Er schüttelte schweigend den Kopf und stopfte seine Pfeife. Er war zu sehr enttäuscht, um sich aufheitern zu lassen. Und die Wendung »bei der ich zufällig lebe« enthielt einen kleinen Mißton. In dem Satz schwang ein Hauch von Gleichgültigkeit mit. Man lebte nicht zufällig bei seinem Ehemann; doch genau dies war der tiefere Sinn gewesen.

Nachwort

Als Elizabeth Russell, verwitwete von Arnim, 1937 noch einmal das Land besuchte, in dem sie von 1891 bis 1909 als Ehefrau eines deutschen Grafen gelebt und fünf Kinder zur Welt gebracht hatte, tat sie dies nicht zuletzt, um in der Familie ihrer Tochter Beatrix Weihnachten zu feiern. Diese letzte Begegnung mit Deutschland bildet den biographischen Hintergrund der hier erstmals veröffentlichten kleinen Erzählung *Weihnachten in einem bayerischen Dorf (Christmas in a Bavarian Village)*. Heiliger Abend, das ist darin noch immer Christbaum und ›Stille Nacht – Heilige Nacht‹, Baumkuchen und Glühwein, Bescherung und mitternächtlicher Kirchgang. Und doch hat sich unendlich viel verändert, haben ein Weltkrieg und ein tiefgreifender politischer Umbruch stattgefunden, seit sie 1896 mit Mann und drei kleinen Mädchen ihr erstes Weihnachten im pommerschen Nassenheide feierte, von dem sie, fiktional verkleidet, in ihrem Debütroman *Elizabeth and her German Garden (1898, Elizabeth und ihr Garten)* erzählt!

Damals hatte sie drei englische Freundinnen eingeladen, die Weihnachtsfeiertage in ihrem neuen Domizil, dem Gutshof der Arnims in Nassenheide, zu verbringen. Es wurde ein typisch deutsches Weihnachtsfest »mit Schlittenfahrten durch knirschenden Schnee, mit lodernden Kaminfeuern und christbaumseligen Kindern, mit duftendem Glühwein und Bleigießen zum Jahreswechsel«.[1] Doch schon am ersten Weihnachtsfeiertag kam es zu einem handfesten Krach, und die Gastgeberin war erleichtert, als die Freundinnen Ende Januar abreisten. Wie es scheint, brachten ihr die drei Engländerinnen jenes Buch mit, das sie zu ihrem ersten Roman inspirierte, Alfred Austins Bestseller *The Garden that I Love.*[2]

1 Kirsten Jüngling/Brigitte Roßbeck, *Elizabeth von Arnim. Eine Biographie,* Frankfurt a. M. 1996 (= insel taschenbuch 1840), S. 66.

2 Vgl. Elizabeths Tagebucheintrag vom 21. 1. 1897: »War so hingerissen von *Garden that I Love,* daß ich dem Autor einen überschwenglichen Brief schrieb, den ich dann wegschloß.« Zit. nach Jüngling/Roßbeck, *Elizabeth von Arnim,* S. 77.

Bereits in Berlin, wo sie die ersten fünf Jahre ihrer Ehe mit Henning von Arnim-Schlagenthin verbrachte, schmiedete Elizabeth Pläne für die Gestaltung ihres zukünftigen Gartens, der dann unter ihrer Anleitung in Nassenheide entstand und sie über viele Defizite des pommerschen Landlebens hinwegtrösten sollte. Die Ehe mit dem fünfzehn Jahre älteren deutschen Grafen, der sich vor allem der Bewirtschaftung seiner Güter und dem Waidwerk widmete, war zwar mit Kindern gesegnet, bot jedoch der an großstädtisches Ambiente und gepflegten Umgang gewöhnten, reiselustigen jungen Frau auf Dauer keine Erfüllung. Ihr Mann, von dem sie – so einer ihrer immer wieder zitierten Aussprüche – schon schwanger wurde, wenn er in ihrer Gegenwart auch nur nieste,[3] teilte weder ihre kulturellen Interessen noch ihre Vorstellung von weiblicher Eigenständigkeit. Er liebte seine zierliche, kapriziöse Frau und erhoffte sich von ihr einen Stammhalter, der sich nach vier vergeblichen Versuchen im

3 A.a.O., S. 56.

Oktober 1901 dann endlich doch noch einstellte.
Zu diesem Zeitpunkt hatte sich die unter dem Pseudonym Elizabeth publizierende Gräfin längst einen Namen als Schriftstellerin gemacht, und, ermutigt und beflügelt durch den Erfolg von *Elizabeth and Her German Garden,* die darauf aufbauenden Romane *The Solitary Summer (Einsamer Sommer), The April Baby's Book of Tunes (April, May und June), The Ordeal of Elizabeth, The Pious Pilgrimage (Der Garten der Kindheit)* und *The Benefactress (Anna Estcourt)* zu Papier gebracht. Schreiben ersetzte ihr jene Form intellektuellen Austausches, den sie in den bornierten, steifen Kreisen, mit denen ihr Mann Umgang pflegte, vergebens suchte. Wie es um das geistige Niveau und das Konversationstalent des pommerschen Adels bestellt war, führte sie ihren Lesern z. B. 1909 in *The Caravaners (Die Reisegesellschaft)* so drastisch vor Augen, daß selbst englische Rezensenten besorgt die kritische Feder zückten. Die bitterböse Satire auf deutschen Chauvinismus, in

welcher der selbstgefällige, frauen- und fremdenfeindliche Baron Otto von Ottringel während einer Wohnwagentour durch Südengland alle Vorurteile gegenüber preußischem Junkertum bestätigt, entstand noch in Nassenheide.

Kurz darauf sah sich Henning von Arnim aufgrund drückender Schuldenlast zum Verkauf der dortigen Ländereien genötigt. Elizabeth, die ohnehin eine Rückkehr nach England herbeisehnte und dank schriftstellerischer Erfolge inzwischen materiell unabhängig war, weigerte sich, mit dem ihr fremd gewordenen Henning in das noch in Familienbesitz befindliche Schlagenthin überzusiedeln, und mietete mit den drei älteren Töchtern ein Cottage in Devonshire. Dennoch versammelte sich die Familie zu Weihnachten 1909 ein letztes Mal in Nassenheide, was bei den Kindern die Hoffnung nährte, die Eltern könnten vielleicht wieder zueinanderfinden. Doch Elizabeth blieb hart und ließ ihren ebensowenig kompromißbereiten Mann allein in Pommern zurück. Nach längerem Siechtum starb er am 20. August 1910 im fränkischen Kurort Bad Kissingen, wo sich seine Frau und die älteren Töchter eingefunden hatten.

Für die vierundvierzigjährige Witwe, die sich innerlich längst aus der Nassenheidener Idylle gelöst hatte, begann nunmehr ein neuer Lebensabschnitt. Vieles, was ihr als Ehefrau eines deutschen Adligen und Mutter von fünf Kindern verwehrt gewesen war, holte sie nun ungehemmt nach: Sie stürzte sich ins gesellschaftliche Treiben der Metropole, genoß ihren wachsenden Ruhm und den Umgang mit diversen Literaten, verstrickte sich in eine von Anfang an zum Scheitern verurteilte Liebesbeziehung zu H. G. Wells und begab sich auf Reisen, bei denen sie nach einem geeigneten Platz für ein Chalet Ausschau hielt. Denn bei allem Erlebnishunger war sie ein naturverbundener Mensch.

Das ›Chalet Soleil‹ entstand nach ihren Plänen 1912 in den Walliser Bergen bei Randogne-sur-Sierre und wurde rasch zum Anziehungspunkt für Freunde und Bekannte. So etwa zu Weihnachten 1912, als sie mit ihren Kindern Wiedersehen feiern wollte, und sich, um nicht die einzige Erwachsene unter lauter »jungem Gemüse« zu sein, verschiedene Gäste einlud. Die daraus entstandenen Turbulenzen schilderte sie gut zwanzig Jahre später in *All the Dogs of my Life (Alle meine Hunde)*.

In einem kleinen Atelier, das sie sich unterhalb ihres ›Chalet Soleil‹ hatte errichten lassen, schloß sie 1913 jenen Roman ab, mit dem sie sich endgültig von ihrer pommerschen Vergangenheit freischrieb: *The Pastor's Wife (Verlobung in Luzern)*. Er trägt, wie viele andere ihrer Werke, deutlich autobiographische Züge: Eine junge Engländerin lernt während einer Reise in die Schweiz einen deutschen Pastor kennen, verlobt sich heimlich mit ihm, heiratet ihn gegen den Willen ihres Vaters, von dessen autoritärem Regiment sie sich dadurch zu befreien hofft. Erwartungsvoll und glücklich folgt Ingeborg ihrem etliche Jahre älteren Ehemann in dessen pommersche Heimat. Dort muß sie jedoch bald feststellen, daß der naturwissenschaftlich ambitionierte Pastor in ihr vor allem die zukünftige Mutter einer stattlichen Kinderschar sieht, und sich nach erfüllten ehelichen Pflichten hingebungsvoll der Entwicklung von Düngemitteln widmet. Von Ingeborg wird verlangt, daß sie, wie die Bibel verheißt, ihre Kinder unter Schmerzen gebiert, und das möglichst Jahr für Jahr, auf daß sie, wie die Patronatsherrin Baronin Glambeck, ihren Gatten alljährlich zu Weihnachten mit einem neuen Baby beglücke. Elizabeth von Arnim hegte gegenüber dem armen Henning keinen Groll. Nur daß er sie gezwungen hatte, das erste Kind in Berlin, d. h. ohne schmerzstillende Mittel und ärztliche Betreuung, zu bekommen, und sie gleich darauf erneut in andere Umstände brachte, verzieh sie ihm nie. Das Trauma jener fortwährenden Schwangerschaften mußte sie sich gewissermaßen von der Seele schreiben. Gleichwohl ließ sie in *The Pastor's Wife* die wie sie selbst malträtierte Ingeborg nach einer romantisch-plato-

nischen Affäre mit einem Maler zu ihrem ebenso arg- wie emotionslosen Ehemann zurückkehren.
Während sie noch an diesem Roman arbeitete, tauchte im ›Chalet Soleil‹ eines Tages ein Besucher auf, doch »dieser Gast war weniger ein neuer Gast als das Schicksal in Person. Und seinem Schicksal kann man nicht entgehen!«[4] Das Schicksal hatte einen Namen, einen recht eindrucksvollen noch dazu: Lord John Francis Stanley Russell, Earl of Amberley, ein verheirateter Mann von ungewöhnlichem Charme, nicht minder despotischem Wesen und trotz seines nicht besonders ansprechenden Äußeren ein erfolgreicher Schürzenjäger, wie Elizabeth bald leidvoll erfahren sollte. Immerhin war der adlige Rechtsanwalt bereits wegen Bigamie verurteilt und inhaftiert worden und hatte zudem erhebliche Spielschulden und noch dazu Drogenprobleme. Doch all dies vermochte die Endvierzigerin nicht davon abzuhalten,

4 Elizabeth von Arnim, *Alle meine Hunde.* Aus d. Engl. v. Karin von Schab, Frankfurt a. M. 1993 (= insel taschenbuch 1502), S. 101.

sich über beide Ohren in ihn zu verlieben und »sich im stillen [...] einzureden ..., daß eine Witwe doch nur ein halber Mensch sei«.[5] Russell zog die sonst so selbstbewußte Gräfin derart in seinen Bann, daß sie sich zunächst willenlos seinen Launen und Marotten fügte. So ließ sie sich beispielsweise geduldig Gedichte und Romane seiner Lieblingsautoren Robert Browning und Rudyard Kipling vorlesen, die sie nicht ausstehen konnte. Und selbst zu Weihnachten, einem Fest, das sie bisher stets mit ihren Kindern gefeiert hatte, übte sie »emsig mit ihm Latein, beteiligte sich an französischen Übersetzungen, lauschte hochinteressanten Ausführungen über Chemie«[6]. Und dennoch vermerkte sie in ihrem Tagebuch: »So geht 1914 zu Ende – es war das glücklichste Jahr meines Lebens«.[7] Und so wurde Elizabeth, allen Warnungen und eigenen Zweifeln zum Trotz, am 11. Februar 1916 die dritte Coun-

5 A.a.O., S. 224.
6 Jüngling/Roßbeck, *Elizabeth von Arnim, S.* 237.
7 Elizabeths Tagebuch, zit. a.a.O., S. 238.

tess Francis Russell, nachdem der frischgebackene Ehemann mit ihrer finanziellen Hilfe die Scheidung von seiner zweiten Frau erfolgreich durchgefochten hatte. Bald schon geriet diese Ehe für sie zum Alptraum: Russell vernachlässigte, schikanierte, demütigte und betrog sie. Dem Schrecken setzte sie im März 1919 ein Ende. Der verlassene Ehemann jedoch strengte einen Prozeß gegen seine aufmüpfige Gattin an und ließ auch ansonsten nichts unversucht, ihr das Leben zu vergällen.

Tief enttäuscht und psychisch am Ende zog sich Elizabeth in ihr ›Chalet Soleil‹ zurück und tat das, was ihr in Krisenzeiten immer geholfen hatte: Sie schrieb, zuerst die Erzählung *In the Mountains (Das Chalet in den Bergen)*[8], ein kaum verhülltes Psychogramm ihrer Trauerarbeit, und dann *Vera*, ihren zwölften Roman, den sie für ihren besten halten sollte: eine zwischen Komik und Tragik changierende Abrechnung mit Francis. Bertrand

8 Vgl. Elizabeth von Arnim, *Ein Chalet in den Bergen.* Aus d. Engl. v. Angelika Beck, Frankfurt a. M. 1997 (= insel taschenbuch 2114).

Russell, der berühmte Bruder des darin auf unrühmliche Weise verewigten Despoten, gab, nachdem er das 1921 erschienene Buch gelesen hatte, seinen Kindern den Rat, niemals eine Schriftstellerin zu heiraten. Nicht nur ihm war klar, daß sich hinter dem ebenso einnehmenden wie tyrannischen Everard Wemyss, dem sich die nach dem plötzlichen Tod ihres Vaters hilf- und orientierungslose Lucy gutgläubig anvertraut, der cholerische Egoist Francis verbarg, und dessen von Elizabeth nur widerwillig aufgesuchtes Anwesen Telegraph House für ›The Willows‹, das unheimliche Landhaus an der Themse, Pate gestanden hatte. »Es war eine Liebe voller Angst…«,[9] heißt es in *Vera*. Während des Schreibens wurde sich Elizabeth des ganzen Ausmaßes ihrer masochistisch anmutenden Hingabe und Selbstverleugnung bewußt und bewältigte auf diese Weise nach und nach die wohl größte Enttäuschung ihres Lebens. Sie habe Francis »voll Glauben, Hoffnung und

9 Elizabeth von Arnim, *Vera*. Aus d. Engl. v. Angelika Beck, Frankfurt a. M. 1996 (= insel taschenbuch 1808), S. 233.

Liebe«[10] geheiratet, vermerkt sie am 11. Februar 1921, dem fünften Hochzeitstag, in ihrem Tagebuch. Und den Launen dieses Mannes hatte sie auch die alte, liebgewordene Gewohnheit geopfert, Weihnachten mit den Kindern zu verbringen. »Erstes Weihnachten ohne die Crabs [Kinder], seit ich Crabs habe« – so ihr Tagebucheintrag Ende 1914 auf dem Höhepunkt ihres trügerischen Glücks.[11] 1937, als sie zum letzten Mal den Fuß auf deutschen Boden setzte, waren die ›Crabs‹ längst in alle Winde zerstreut: Henning Bernd und die beiden ältesten Töchter lebten seit den letzten Kriegsjahren in den USA, die jüngste, Felicitas, war 1916 in einem Würzburger Krankenhaus an Lungenentzündung gestorben[12], und Beatrix hatte 1919 den sechzehn Jahre älteren Anton Freiherr zu Hirschberg geheiratet und residierte nun mit ihrer

10 Elizabeths Tagebuch, zit. nach Jüngling/Roßbeck, *Elizabeth von Arnim,* S. 260.

11 A.a.O., S. 238.

12 Vgl. Elizabeths 1917 unter dem Pseudonym Alice Cholmondeley erschienenen Briefroman *Christine,* insbes. das Nachwort der deutschen Ausgabe *Christine.* Aus d. Engl. v. Angelika Beck, Frankfurt a. M. 1998 (= insel taschenbuch 2211), S. 217-22.

Familie in einer zwischen Staffelsee und Murnauer Moos gelegenen standesgemäßen Villa.
Elizabeth hatte ihren siebzigsten Geburtstag hinter sich, zwei Ehemänner überlebt, einige Affären mehr oder minder unbeschadet verkraftet, dreiundzwanzig Romane veröffentlicht, etliche Hunde zu Grabe getragen und die letzten Jahre zwischen England, ihrem Schweizer Chalet und ihrer Villa ›Mas des Roses‹ an der Côte d'Azur verbracht. Seit der Machtergreifung Hitlers gab sie sich, was die Zukunft Deutschlands, betraf keinerlei Illusionen mehr hin. Regelmäßig hörte sie in Südfrankreich die Nachrichtensendungen der BBC, doch über die Rassengesetze, die Ausschaltung Oppositioneller und die alltäglichen Übergriffe wagte sie selbst mit ihrer Tochter Beatrix, die all das hautnah miterlebte, nicht zu korrespondieren. »Es fällt mir sehr schwer, ihr zu schreiben«, gestand sie in einem Brief an die in Amerika lebende Liebet, »während Menschen in ihrem Vaterland totgeschlagen werden. Ich weiß, sie kann es

nicht ändern, aber Grausamkeit ist mir aus tiefstem Herzen verhaßt, und ich habe solche Angst vor dem, was diese Bande noch an Schrecken über die Welt bringen wird, daß es mir unmöglich ist, ihr von Piepmätzen und Rosen zu schreiben. Doch wenn ich ein kritisches Wort äußerte, würde sie womöglich in einem Konzentrationslager landen.«[13]

Mehrmals traf sie Beatrix und deren Mann im Chalet oder sonst auf neutralem Boden und erfuhr von ihnen, daß in Hitler-Deutschland Menschen spurlos verschwanden, Juden und Regimegegner, ja sogar Geisteskranke. Ein deutscher Verleger bot ihr an, *Expiation* übersetzen und veröffentlichen zu lassen, wenn sie einen lückenlosen ›Ariernachweis‹ vorlegen könne. Natürlich lehnte sie empört ab; mit diesem Deutschland wollte sie nichts mehr zu tun haben.

Nur wenn man sich ihre von derartigen Erfahrungen bestimmte Seelenlage vor Augen führt, erschließt sich einem der Hintersinn

13 Leslie de Charms, *Elizabeth of the German Garden,* London 1958, S. 347f.

der Erzählung *Weihnachten in einem bayerischen Dorf.* Denn hinter der Postkartenidylle, die sich ihr in Murnau so verführerisch darbot, lauerte die blanke Angst vor Denunziation, vor Bespitzelung, vor dem überall verborgenen Terror, der die dort lebenden Menschen selbst im weihnachtlichen Familienkreis, selbst in der mitternächtlichen Christmesse ängstlich verstummen ließ, wenn eine Ausländerin auch nur zu einem erstaunten »Aber –« ansetzte. Nach den Weihnachtstagen sah sich Elizabeth in München die berüchtigte Ausstellung über ›entartete‹ Kunst an. Den von Haß triefenden Katalog und ein Exemplar des Streicherschen Hetzblattes *Der Stürmer* erwarb sie als ›Anschauungsmaterial‹ für ihren Schwager Bertrand Russell, der während des Ersten Weltkriegs wegen seines pazifistischen Engagements kurzzeitig in England inhaftiert worden war. Mittlerweile indes deutete alles auf einen Zweiten Weltkrieg hin.

Zwischen Selbstmordphantasien und Auswanderungsplänen hin- und hergerissen, kehrte Elizabeth Russell, verwitwete von Arnim, am 15. Mai 1939 der Alten Welt endgültig den Rücken und schiffte sich, begleitet nur von ihrem Spaniel Billy, nach New York ein. Die beiden Weihnachten, die ihr noch vergönnt waren, verbrachte sie bei den Butterworths, der Familie ihrer Tochter Liebet, aus deren Feder die erste, 1951 veröffentlichte Biographie der Schriftstellerin Elizabeth von Arnim stammt, die nach kurzem Leiden am 9. Februar 1941 im Krankenhaus von Charleston starb.

Textnachweise

Weihnachten in einem bayerischen Dorf, S. 9. Erstveröffentlichung. Textvorlage von: The Estate of Countess Russell, Huntingdon Library. Aus dem Englischen von Angelika Beck. Für den Originaltext (*Christmas in a Bavarian Village*): Copyright © by Elizabeth von Arnim. © Für die deutsche Übersetzung: © Insel Verlag Frankfurt am Main und Leipzig 2000.

Vorweihnachtszeit in Nassenheide, S. 21. Aus: Elizabeth von Arnim, Elizabeth und ihr Garten. Aus dem Englischen von Adelheid Dormagen. Für den Originaltext (*Elizabeth and her German Garden*): Copyright © Elizabeth von Arnim 1898, 1938. Für die deutsche Übersetzung: © Insel Verlag Frankfurt am Main 1987.

Weihnachtsferien in den Bergen, S. 63. Aus: Elizabeth von Arnim, Alle meine Hunde. Aus dem Englischen von Karin von Schab. Für den Originaltext (*All the dogs of my life*): Copyright © Elizabeth von Arnim 1936. Für die deutsche Übersetzung: © S. Fischer Verlag, 1937.

Getrübter Weihnachtsfrieden, S. 87. Aus: Elizabeth von Arnim, Vera. Aus dem Englischen von Angelika